RAMA YADE

À l'instant de basculer

Les Éditions du Net
126, rue du Landy – 93400 Saint-Ouen

À Arlette Braquy

I

En fin de cette année, j'aurai 40 ans. À l'âge de la maturité, je vois à présent ma fille commencer à s'élever sur son propre chemin. C'est peu dire que je pense à elle, lorsque j'écris les lignes qui vont suivre...

J'ai eu, il y a près de dix ans, plus jeune, le privilège exceptionnel de connaître l'action gouvernementale sans avoir dû suivre la voie d'une carrière partisane. Si je n'ai jamais été dupe du casting d'origine, d'itinéraire et de jeunesse, je ne m'y suis pas réduite, ni ne m'en suis contentée. De fait, cette expérience *« du fait du prince »* que les bienveillants m'ont tant reprochée – comme s'il fallait en être pour y être –, je n'ai ni à m'en vanter, ni à m'en excuser. Elle a été captivante, enthousiasmante et, si elle a été parfois cause de frustrations, elle m'a permis de découvrir la formidable capacité de notre démocratie à faire naître l'espoir et, d'évidence, son incroyable propension à le décevoir.

Si j'ai connu le sentiment exaltant d'être en première ligne, jamais, depuis le premier jour de cette expérience, je n'ai accepté de perdre de vue l'essentiel, de me laisser étourdir aux trompettes de la renommée, si habiles à contenter l'égo dans la superficialité de certains magazines et l'épaisseur des moquettes. Si j'ai parfois dû retenir mes mots, jamais je n'ai accepté de baisser la tête et de céder aux impératifs de ceux qui savent si bien mêler la persuasion amicale et la menace voilée, jusqu'à les confondre si souvent avec l'autorité. Si j'y ai découvert des amitiés, jamais je n'ai accepté d'être dupée par les soutiens de circonstance, aussi prompts à venir qu'à repartir et à engourdir la confiance en l'autre, celui qui tend la main...

Si j'ai pris résolument ma place dans le débat, avec une audace que certains ont pu prendre pour de la prétention, jamais je n'ai accepté d'être caution de ce jeu puéril, mesquin, dont j'ai été le témoin, d'abord surprise, ensuite sidérée, enfin en colère, mais sans jamais me contenter de mon indignation : notre démocratie a été peu à peu dégradée, égarée, dévoyée et aujourd'hui menacée.

Car, ne nous cachons pas derrière notre petit doigt, dans le confort de la bien-pensance, l'assurance de ceux qui réussissent, ou même dans l'indifférence de ceux qui n'y croient plus : elle se porte très mal, notre démocratie, et nous n'avons pas beaucoup de temps pour la sauver du naufrage. Un temps très court en réalité, tant les périls montent de jour en jour : au pire, quelques mois. Au mieux, quelques années.

Si nous ne parvenons pas à changer l'enchaînement des événements, à empêcher l'impensable hier, le possible aujourd'hui, le probable demain, la France s'enfoncera dans le chaos de la détestation du monde comme d'elle-même.

Jamais je ne m'y résignerai : il nous faut résister. Résister, c'est espérer.

Cette détermination assumée, je prends la mesure du défi qui nous attend et m'attend. J'en connais d'avance la charge et les périls. Mais j'y suis prête. Si je suis parfois montée au combat et me suis exposée plus que de raison quand un politique plus aguerri se serait retenu, si j'ai été portée par une haute idée de la fonction politique, de l'État et de la France qui a pu me rendre intransigeante et cinglante, quand un politique de carrière, ayant abandonné ses convictions à l'aune de sa longévité, se serait fait plus subtil ou discret, c'est parce que je n'ai jamais abandonné deux traits de mon caractère qui ne doivent rien à la politique mais s'y sont révélés indispensables pour défendre et porter l'idée que je m'en fais : l'indépendance d'esprit et l'exigence, qui font soumettre, invariablement, les opportunités aux principes. Ces traits de caractère m'ont permis, ces dix années de découverte et d'expérience, de rester libre sous la pression des projecteurs ou dans l'ombre d'une action politique plus modeste. Dans les succès et les échecs. La politique n'a jamais été pour moi un gagne-pain : tour à tour administratrice du Sénat familière des arcanes les plus subtiles de la bureaucratie, salariée naviguant au cœur d'un marché du travail dont j'ai éprouvé l'absurdité, et entrepreneur qui partage désormais le quotidien des travailleurs indépendants persécutés par le RSI, j'ai toujours, à côté de mon engagement public, préservé ce lien avec les réalités des Français.

Forte de cette autonomie, souvent, j'ai essayé librement de dire les choses, comme je le pouvais et telles que je les pensais, de dénoncer ce que j'avais à dénoncer, où que je sois placée, dans le respect parfois d'un cadre institutionnel qui imposait des devoirs et encadrait mon audace, mais qui n'a jamais pu m'empêcher d'exprimer mon droit d'indignation et de conscience – ce droit que nous partageons tous et qui lui est supérieur. Ah, que la politique de salon m'ennuyait. Ses petits marquis aussi. Je ne concevais la politique que grande et seulement par les mots et les actes, qui changent la vie. Agir au niveau de l'Histoire, faire avancer un pays, améliorer la condition de ceux que la naissance a défavorisés, donner à voir à ceux qui me ressemblent que rien ne leur doit être interdit : telles sont les raisons de mon engagement politique. Mon éducation, stricte et motivante entre des grands-parents désireux de transmettre l'histoire d'une famille attachante, une mère enseignante injustement déclassée et un père serviteur de l'État et voyageant par le monde, n'est sans doute pas pour rien dans cette vision des choses. Comment, dans ces conditions, accorder le moindre intérêt aux courtisaneries, aux flatteries, aux manœuvres, à la corruption, à ces *« qualités »* qui assurent une carrière mais dégradent un engagement ? Je n'ai jamais su le faire. Je n'ai pas changé.

Si j'ai été parfois maladroite, j'ai aussi beaucoup appris, sur moi-même et sur les autres. Jour après jour, je me suis construite. J'ai vite compris les règles implicites de cette vie politique qui dit *« nous »* mais qui pense *« je »*, qui ne fait pas et nous désespère tant… Ces règles du jeu de la complaisance et de l'arrangement entre amis, du renoncement aux principes, je les ai côtoyées parfois, mais jamais acceptées. La résistance au conformisme et à la compromission constitue, depuis dix ans, ma signature politique parce qu'elle compose mon identité. Elle n'a pas servi une ambition, bien au contraire… Sur ce chemin, j'en ai vu tant me trahir, m'abandonner, me décevoir. Les rares fois où j'ai sollicité des soutiens, ceux-ci ont écarquillé les yeux sans répondre. Certains ont cherché à m'instrumentaliser. Ils m'imaginaient objet ou sujet, rarement actrice. D'autres, souvent des petites mains de la politique qu'on retrouve à l'accueil des sièges des partis comme dans les secrétariats des lieux de pouvoir, ont été extraordinaires, me dégageant le chemin, m'ouvrant les fenêtres quand des portes se fermaient, m'encourageant constamment.

Je me suis souvent retrouvée seule face aux embrouilles d'appareils, aux collusions, aux manigances, aux diktats. Non du fait d'une légitimité politique que je revendiquerais comme un privilège de cour, d'un droit acquis qui me désignerait d'office, mais par une irrésistible détermination du devoir à accomplir en simple qualité de citoyenne engagée ayant eu la chance de pouvoir entrer dans l'aquarium des pouvoirs, ayant eu la possibilité de découvrir ses errances et ses dysfonctionnements, et ayant le devoir d'en dénoncer la logique et les effets.

Sans surprise, on m'a fait payer le prix de cette liberté, de cette indépendance, de cette exigence, de mes indignations : en rejets – par tous les moyens parfois ; en railleries et mépris, souvent. Ainsi, on a cru pouvoir me dégoûter, me détourner – non d'une carrière que l'on m'offrait sur un plateau, mais de ma propre conviction. Il m'aurait été facile d'entrer sur le terrain où les pouvoirs se partagent et se conservent... J'ai résisté. Pas parce que je serais une tête brûlée mais parce que je suis fondamentalement en mission.

Aujourd'hui, cette indépendance, cette liberté, cette expérience et cette exigence, la lucidité et la détermination, me donnent un deuxième privilège qui, celui-là, n'est dû à personne en particulier, sinon aux circonstances, qui commandent : la possibilité de regarder la France telle qu'elle est, sans tomber dans l'illusion complaisante, sans couvrir l'enthousiasme de naïveté confondante, sans concession démagogique, sans passer l'analyse au filtre du lamentable calcul partisan, du dérisoire intérêt personnel, du mesquin avantage de groupe constitué pour durer, d'un intérêt de clan dont on perçoit tous qu'il s'épanouit dans le détournement de l'intérêt général, et non dans son accomplissement et son épanouissement.

Ce sont cette liberté, cette expérience, cette exigence et ce regard qui m'obligent aujourd'hui. Je ne m'excuserai pas de perturber le jeu ronronnant des chasses gardées, des rentes, des fiefs, des baronnies. Non parce que je trouve dans ce combat une fin en soi. Mais parce que je le dois au nom de cette France périphérique d'où je viens. Celle des jeunes exclus. Celle des femmes encore discriminées. Celle des entrepreneurs – agriculteurs, artisans, créateurs de start-up – dont les efforts sont bridés par les *«gros»*, les *«forts»*, les *«puissants»*. Celle des territoires malmenés, des quartiers populaires aux ruraux en passant par les outre-mer. Bref, la France de l'innovation. Car il est bien connu que la marge est toujours celle qui innove.

Mon engagement, je le dois à ces principes qui me guident. Je le dois à notre pays que j'aime, qui les a tant portés qu'il a fini par les incarner et s'y confondre, dans la sublimation et la désolation entremêlées, au gré des hommes et de l'Histoire qui l'ont parfois si bien, parfois si mal traité. Ce pays qui est l'un des rares, parmi les pays du monde, à être à la fois une géographie et une idée, un peuple si particulier, si viscéralement accroché à son paysage qu'il semble ne jamais pouvoir s'en affranchir, et une culture universelle qu'aucune frontière n'arrête. Une Histoire et une intemporalité. Tout à la fois une réalité et une abstraction. Un pays qui n'est lui-même que hors de cet enfermement dans les peurs que tant de dirigeants politiques de tous bords tentent de lui imposer aujourd'hui, dans l'angoisse du temps. Un pays capable de grandeur lorsqu'il s'incarne, en conscience de ce qu'il est, en sursaut dans les épreuves. Un pays capable aussi de terribles mesquineries lorsqu'il s'oublie, s'abandonne ou se néglige…

Parce qu'on construit une nation pour la transmettre, cet engagement, je le dois bien entendu à ma fille, et à travers elle à tous les enfants de France, et à ceux qui sont, comme moi, devenus grands, et bien plus grands encore, surtout à ceux qui souffrent, doutent, s'angoissent. J'ai été des leurs, ce qui marque une vie et forge un caractère. Ce sentiment d'être toujours un invité même au sommet du pouvoir, les gens qui partent de loin comme moi ont un mal fou à s'en défaire. Cela rend terriblement modeste et résolument déterminée. L'orgueil du pauvre, sans doute.

Je le dois à ceux qui se démènent seuls ou dans les associations, dans les entreprises, dans les fondations, dans les collectivités, dans les villes et les villages de France, rustines d'une République aux abonnés absents pour la faire vivre encore. Pour beaucoup d'entre eux, l'État est même devenu un ennemi.

Cet engagement, je le dois aussi à tous ceux qui empêchent sa flamme fragile, qui vacille entre les murs dorés des palais politiques, des plateaux télévisés et des sièges sociaux, de s'éteindre tout à fait. Je le dois à ceux qui sont submergés par les difficultés du quotidien alors qu'ils travaillent ou ont si longtemps travaillé, et qui ne parviennent pour autant pas à vivre dignement. 14 % de Français vivent en dessous du seuil de pauvreté, et tant d'autres ne parviennent plus à finir le mois avec leurs trop faibles revenus d'activité ou de retraite.

Pour avoir éprouvé ces manques, je serai toujours du côté des *« petits »*, cette France périphérique, dissidente, que je veux représenter avant qu'elle ne fasse scission, les nantis n'ayant pas besoin de moi. C'est ainsi que je me sens utile. Comment peut-on oser se présenter devant eux comme si de rien n'était, lorsqu'on a été en responsabilité d'un tel naufrage ? Quelle honte pour notre société politique et quel aveu d'échec pour l'action publique ! Nous devons à toutes ces forces vives exténuées une autre voie que celle de l'exaspération et du dégoût. C'est à eux que je pense. C'est pour eux que j'agis.

Cet engagement, je le dois à ceux qui s'entassent dans des logements trop exigus, dans les barres d'immeubles des quartiers sans emplois et qui sont condamnés à y vivre enfermés, sans avenir.

Je le dois à ces femmes qui assistent, démunies, à la dérive de leurs enfants qui ne connaissent plus ni l'école pour l'avoir abandonnée, ni la République pour ne l'avoir jamais rencontrée.

Je le dois à ceux qui se raccrochent à des logements *« provisoires pour une vie »*, à ces déclassés de l'existence qui ont cru à la deuxième chance et que l'on a jetés dans le puits sans fond d'une assistance dont ils ne parviennent plus à sortir. Je veux contribuer à leur rendre leur dignité.

Je le dois aux agents de la fonction publique, aux enseignants, policiers, soldats – autant de pièces de ces gigantesques rouages bureaucratiques d'un autre siècle, abandonnés en première ligne d'un monde en mutation par des dirigeants politiques qui trop souvent ne sont pas à leur hauteur d'engagement.

Je le dois à ceux qui ont choisi le risque de la création d'entreprise et se retrouvent piégés dans l'angoisse, asphyxiés par une broyeuse réglementaire, la frilosité bancaire, la suspicion syndicale, la méconnaissance politique qui ne reconnaît que les grandes entreprises, alors qu'ils seraient capables de tant faire pour notre pays en développant leur activité, en grandissant, en recrutant... Je le dois à ceux qui, dans nos campagnes et dans nos villages, s'efforcent de faire vivre la géographie française, ADN d'une nation aux identités multiples et vivantes. Je le dois à chacun des Français qui se battent et résistent, eux aussi, au quotidien, pour tenir.

Cet engagement, je le dois à ma source, qui est aussi la nôtre : l'Afrique, berceau d'humanité, si proche, si loin. Il y a plein de bonnes nouvelles de ce côté-là. Mais notre aveuglement nous empêche de voir le New Deal possible avec l'Afrique. Sur les rives de la Seine, elle semble menaçante alors qu'aux yeux du monde et des puissances étrangères, l'Afrique est un continent d'avenir… L'Afrique, nouvel atelier d'un monde qu'elle illumine désormais de ses prix Nobel, de ses start-up et de ses nouveaux milliardaires, l'Afrique qui nous regarde aujourd'hui avec tant d'indifférence du haut de son extraordinaire révolution technologique et qui attend tout du monde et plus rien de nous. Ni en tant que gendarme dans la guerre, ni en tant que puissance dans les intrigues de palais. Il nous faut regagner sa confiance. Combien de fois la France y a-t-elle puisé les sources de sa renaissance !

Petite-fille de tirailleur sénégalais dont la dépouille est aujourd'hui encore perdue quelque part entre Toulon et Marseille comme cent mille de ses frères d'armes que deux guerres mondiales ont dispersés sur le sol français, de la Somme à la Meuse, des Dardanelles à Verdun, aux quatre coins de la France, mes ancêtres les tirailleurs, ces « *dogues noirs de l'Empire* »[1], sont tombés pour que la France ne meure pas. Je suis Française parce que je vibre au souvenir du sacre de Reims, de la fête de la Fédération… et des tirailleurs sénégalais. J'appartenais à l'histoire de la France avant même d'y être arrivée. Il est vrai qu'ayant été naturalisée à l'âge de 21 ans, j'aurai passé plus de temps de ma vie comme citoyenne sénégalaise que française :

---

1. *Léopold Sédar Senghor, « Prière de paix », dédié à Georges et Claude Pompidou, extrait du recueil* Hosties noires, *1945*.

en 2017, ce sera l'inverse ! L'instant du basculement, disais-je. Mon engagement est d'abord une histoire française. La France et moi, c'est une vieille histoire. Une belle histoire.

Cette conviction, je la porte enfin pour la jeunesse de France. Elle est la mauvaise conscience d'une société qui l'a précarisée et maltraitée depuis trente ans. Cet abandon a été un choix politique. On pense qu'elle ne vote pas ou vote mal. C'est une génération de la crise, qu'on voudrait réduire à Facebook, à la téléréalité, aux voitures qui brûlent, aux manifestations de rue et désormais à la radicalisation express sur internet. La jeunesse de France, elle n'intéresse que lorsqu'elle fait peur.

Mais au-delà de ces minorités agissantes, l'immense majorité est une jeunesse réduite au silence, et dont le silence a été acheté contre des études trop longues, quelques contrats aidés et, pour finir, un retour toléré dans l'appartement familial. Il est vrai que leurs parents, après les avoir dupés, comptent sur eux pour payer leur future retraite. Elle n'a même plus d'ambition, cette jeunesse. Au fond, ses rêves ont été limités par la force des choses : un travail, un toit, une famille, et déjà, elle compte ses points-retraite. Il paraît qu'elle admire l'armée, la police et la justice ! *Damned*. D'Erasmus à Easyjet, la globalisation avait mis le monde à ses pieds. Et voilà qu'elle demande de la protection, des frontières, une famille. Seuls peuvent fuir ceux qui en ont les moyens linguistiques ou financiers. Les autres s'enfoncent dans les comportements à risque, y compris politiques : zadistes, frontistes, islamistes. L'expression politique des jeunes emprunte les chemins les plus rugueux de l'engagement. D'autres chemins existent pourtant pour être au rendez-vous de la France. Je veux qu'ils puissent à nouveau rêver.

Voilà pourquoi, pour qui, j'ai annoncé ma candidature à l'élection présidentielle de 2017. Après dix ans d'engagement politique et soixante mille kilomètres parcourus ces six derniers mois à travers les villages de France, cette candidature n'est pas une candidature de témoignage ou égotique, pour apparaître *« dans le paysage »*, exister *« médiatiquement »* en montant sur l'estrade du grand théâtre d'obligés sans spectateurs qu'est devenue notre scène politique nationale. Je sais, comme vous, la futilité de tout cela : nous en voyons l'échec chaque jour… C'est une candidature d'action qui me porte. Une candidature d'innovation. Une candidature d'avenir. Car l'urgence et nos atouts commandent d'agir. Au plus vite. Tous ensemble.

J'ai voulu dans ce petit livre, simplement, en quelques mots, vous dire ce que j'ai sur le cœur.

II

Si un pays sans passé n'a pas d'avenir, un pays uniquement nostalgique de son passé n'en a pas non plus, pas plus d'ailleurs qu'un pays se regardant au jour le jour, au gré des statistiques et des sondages d'opinion... Ne pas prendre la mesure de l'Histoire et du temps long est une faute politique majeure. S'en contenter ne l'est pas moins. Mais que dire d'un pays qui refuse de se regarder tel qu'il est, sans victimisation ni complaisance, au regard, non de ce qu'il était dans les victoires, les défaites passées ou de ce qu'il semble être à chaque instant, dans l'hystérie, mais au regard des principes qui l'ont construit et constituent ses fondations ?

Nous avons l'obligation de nous souvenir d'où nous venons, de quoi nous procédons, des principes qui nous inspirent, pour regarder aujourd'hui notre pays sans concession et le gouverner demain avec détermination.

Pour le regarder sans illusion, quoi de mieux que de nous comparer à nos promesses ? Pas aux éphémères promesses électorales, mais à celles de notre Histoire, celles qui nous ont collectivement déterminés. Celles qui nous ont engagés et devraient encore nous engager. J'ai choisi huit dates – non exhaustives. Je souhaite que ces dates nous interpellent tous, à l'heure cruciale des votes qui détermineront l'avenir. Ces dates, ce sont les murs porteurs de la maison France. À l'instant de basculer, souvenons-nous de qui nous sommes.

1. Le 4 août 1789, en pleine vague de « *Grande Peur* » depuis la prise de la Bastille, l'Assemblée Constituante de la toute jeune Révolution française met fin au système féodal en votant par un décret nocturne de dix-huit articles l'abolition de tous les privilèges et en procédant, de facto, à la destruction de la société d'Ancien Régime, fondée sur les ordres et les inégalités de naissance et de charges. L'article 1er dudit décret énonce avec clarté : « *L'Assemblée nationale détruit entièrement le régime féodal.* »

Qu'en reste-t-il ? Je suis frappée de la manière dont peu à peu, par négligence, nous avons laissé se reconstituer dans notre pays une société d'ordres et de privilèges : une société d'Ancien Régime grimée en société républicaine. Aujourd'hui, l'assemblage des partis politiques et des organisations syndicales, de la haute fonction publique et de la société civile ressemble à celui d'un autre temps : la noblesse, le clergé et le tiers état.

Les noblesses de cour, de robe et d'épée sont devenues politiques ou sociales : placées à tous les points clés de notre société, dans les hémicycles, au cœur des organisations partisanes, judiciaires et syndicales, elles sont composées d'un aéropage de responsables et de représentants se partageant depuis des décennies le pays malgré lui, trop souvent contre lui-même. Le clergé se retrouve de haut en bas de la hiérarchie administrative centrale ou locale : c'est notre fonction publique, laquelle sert directement ou indirectement un pouvoir central *« démonarchique »*.

Je me suis retrouvée propulsée au cœur de cette noblesse de cour, de robe et d'épée en 2007. J'étais en permanence poursuivie par le sentiment de déranger une société communautariste, pire encore, de l'étonner. L'endogamie, la connivence, le réseau, la satisfaction d'en être nimbaient les salons à tous les étages du pouvoir. Bien que tout cela me laissât de marbre, on s'enquit de mon état en pareils lieux. D'aucuns se demandaient si mon diplôme de Sciences Po avait été obtenu par une convention ZEP et m'interrogeaient avec curiosité sur mon *« parcours »* avant d'afficher leur déception lorsque ce *« parcours »* était sensiblement le même que le leur, sauf que je l'avais fait par l'escalier, l'ascenseur étant indisponible. À l'inverse, les mieux informés riaient avec une complicité exagérée des supposés privilèges de l'administration du Sénat, dont j'étais ressortissante. Tous étaient heureux que je sois là. Je les rassurais sur leur ouverture d'esprit. Mais ils se sont empressés de fermer la porte derrière moi.

Comme à la fin du XVIIIe siècle, noblesse et clergé détiennent seuls les clés des pouvoirs, autour d'un président-monarque entouré de courtisans dont chacun perçoit qu'il n'incarne plus la fonction, et d'un État surendetté et dispersé qui ne parvient même plus à faire face à ses missions régaliennes et aux enjeux du temps. Lorsqu'un jour j'eus la franchise – d'autres y virent de l'arrogance – de refuser un poste de députée européenne, l'un des courtisans de l'Élysée me toisa du haut de sa modeste taille pour me lancer très sérieusement : « *On ne dit pas non au monarque.* »

À l'écart de la décision, servant de faire-valoir par son abstention électorale, laissé à part comme son prédécesseur aux États généraux, le tiers état, c'est la société civile, force vive de la nation réelle, laquelle n'est rien dans l'ordre politique, elle qui devrait y prendre toute sa place... Dix millions de Français ne sont pas inscrits sur les listes. Si l'on ajoute les abstentionnistes et les bulletins blancs ou nuls, deux tiers des Français ne se reconnaissent pas dans les partis en lice lors des dernières élections régionales de 2015. J'ai longtemps fait partie de ces bataillons d'abstentionnistes avant que mon engagement public, surveillé d'un œil suspicieux par les observateurs, m'obligeât (à l'exception de l'élection présidentielle de 2007, où mon vote fut enthousiaste, forcément) à remplir mon devoir. L'assise électorale des trois premiers partis de France est si faible qu'aucun d'entre eux ne dépasse en vérité 12 % du vote des Français aux élections régionales. Rien n'est fait pour corriger cette anomalie démocratique. Au contraire, on la camoufle à l'aide d'une arnaque arithmétique appelée pompeusement «*front républicain*» quand elle ne cache (mal) qu'une volonté cynique de sauver des postes. Il faut se souvenir avec quelle hypocrisie les deux derniers gouvernements ont voulu jouer de la crédulité populaire en 2008 et en 2013 en faisant semblant d'instaurer un référendum d'initiative populaire dont la mise en œuvre était tellement contraignante (accord requis de 185 parlementaires et 4,5 millions de citoyens contre 100 000 citoyens en Suisse !) qu'aucune proposition de loi n'a été soumise au vote des électeurs par le biais de ce référendum. Mais la plateforme numérique a coûté près de 5 millions d'euros ! Les référendums locaux, eux, bien qu'autorisés par des lois de 1992, 2003 et 2008, sont rares, traduisant une vision très restrictive des droits citoyens. Quand bien même un référendum est organisé, il est soit illégal (plus de 10 % des référendums locaux), soit trahi (le référendum national de 2005 relatif à la nouvelle constitution européenne pour laquelle je n'avais personnellement pas voté). Pour s'exprimer, il ne reste donc aux Français que la grève…

Aujourd'hui, la France est un pays qui a renversé un régime monarchique mais est gouverné par une monarchie élective favorisant deux partis, alors qu'il en existe plus de 450 sur notre territoire, par la grâce d'un scrutin majoritaire qui n'accorde qu'un seul député à un parti qui a cependant rassemblé 15 % des suffrages exprimés. Si l'on n'appartient pas au système, on n'existe pas. Les observateurs ne m'ont-il pas présentée comme « *sans parti* », alors même que cinq partis fondateurs constituent La France qui ose, qui me soutient dans le cadre de ma campagne présidentielle ? Ceux qui veulent un vrai changement n'ont de fait aucun autre choix que de s'abstenir ou de voter pour l'extrême droite.

Un pays qui a bâti sa révolution politique sur l'abolition des « *droits seigneuriaux* » et qui les a vus rétablis par le biais d'une pratique cumularde de la représentation parlementaire qui fait de la France la championne d'Europe en la matière. Ainsi, en 2012, 82 % des députés exerçaient au moins un autre mandat électif contre 7 % en Italie, 3 % au Royaume-Uni et 0 % aux États-Unis. Faut-il s'étonner, dans ces conditions, de l'absentéisme choquant à l'Assemblée, comme ce 9 février 2016 où devait être voté l'article 1er de la loi constitutionnelle sur l'état d'urgence en l'absence de 441 députés, soit 76 % de l'hémicycle ?

Un pays où le service de l'État devient un plan de carrière. Certains députés siègent depuis quarante ans ! Ils sont ainsi une dizaine à avoir enchaîné une dizaine de mandats législatifs d'affilée. Depuis des décennies, les Français assistent au défilé d'un personnel politique sans métier, mais prétendant tout de même savoir comment fonctionne une entreprise ! Nul ne sait, aujourd'hui encore, quel métier ont bien pu exercer nos présidents successifs ou les prétendants à la magistrature suprême. Je suis toujours étonnée par ces « *politiques* » qui, me sachant « *sans mandat* », se demandent de quoi je vis. Lorsque je réponds être entrepreneur, un éclair de compassion ne manque jamais de traverser leur regard…

Un pays où l'élection est un moyen non de servir mais de conquérir une place, un fief, puis de le conserver pour s'en servir et exclure des pans entiers de la société : le groupe centriste à l'Assemblée ne compte que deux femmes sur trente députés ! Celle-ci ne compte plus aucun député ouvrier alors que les ouvriers constituent encore 23 % de la population, mais abrite 82 % de cadres et professions supérieures qui pourtant ne représentent que 15 % de la population !

Un pays décentralisé d'où presque tout continue d'être ordonné d'en haut, depuis Paris. La loi NOTRE, qui prépare la suppression des communes, organise un double mouvement de métropolisation et de centralisation du pays, au détriment des libertés locales, pour au final réduire le maire au statut de portier d'une mairie en voie de fermeture ! Désormais, nos maires sont des héros fatigués : des compétences leur sont enlevées, des charges ajoutées, des missions non compensées financièrement. J'ai vu en Saône-et-Loire un maire nettoyer lui-même le cimetière communal, prenant soin de ne pas mélanger les ossements. J'ai visité les deux logements sociaux d'un village de Côte-d'Or, que son maire a construits de ses propres mains. Plus au sud, dans le Var, un mercredi après-midi, j'ai assisté aux animations scolaires sous la conduite d'une maire de 70 ans que la réforme des rythmes scolaires a réduite au rôle d'animateur social. Vingt mille maires touchent moins de 700 euros d'indemnités par mois. Certes, aucun maire ne l'est pour la notoriété ou pour l'argent, mais tout de même ! Un pays qui se vante de sa nature et abandonne sa ruralité qui la modèle et l'entretient n'a pas d'avenir. Faut-il s'étonner que la France ait perdu son rang de première puissance agricole européenne ? Et quand des perspectives s'ouvrent (70 % des start-up s'installent dans les villages), il n'y a pas de haut débit !

Un pays exténué d'ordres et de privilèges qui défend son égalitarisme, ce contraire de l'égalité, quand le législateur réduit les droits sociaux au nom des déficits publics, tout en se préservant une assurance-chômage spécifique pour ses élus nationaux, un régime de sécurité sociale particulier, un système de retraite dérogatoire au droit commun, une grande partie de leurs indemnités non imposables. Des familles entières d'élus nationaux vivent du mandat d'un de leurs membres !

Un pays qui expose la liberté sur les frontons de ses mairies mais dans lequel les contraintes réglementaires multiples asphyxient les petits et les empêchent de grandir, de bouleverser l'ordre établi pour les grands, alors justement qu'il faudrait les y encourager. L'université, selon le principe d'une fausse autonomie (« *La laisse est plus longue mais le collier est donc plus serré* », a dit un président d'université…), ne peut pas choisir ses étudiants. Les normes bancaires sont tellement drastiques qu'elles ont entraîné une concentration dangereuse pour le système financier et une disparition des banques de proximité qui finançaient les entrepreneurs locaux. Les normes agricoles définissent le poids des concombres (précisons : 180 g pour ceux cultivés en plein air et 250 g sous abri !) et la vitesse minimale des essuie-glaces des tracteurs. Il est vrai que le nombre de fonctionnaires au ministère de l'Agriculture est deux fois plus important qu'en 1955 alors que le nombre d'agriculteurs a été divisé par six ! On constate qu'il manque en France entre 300 et 500 000 places en crèches, tout en empêchant leur construction : une crèche doit se conformer à sept catégories de normes parmi lesquelles l'obligation d'acheter le mobilier dans des catalogues aux prix trois fois supérieurs à ceux pratiqués pour une classique chambre d'enfant.

Un pays dans lequel l'ordre des intérêts particuliers a pris l'ascendant sur la mission politique pour établir un opportunisme de positions et d'avantages qui dénature nos principes et les piétine toujours plus. Trente-trois mille magistrats, supposés être neutres, sont syndiqués et tous sont irresponsables : en matière de responsabilité disciplinaire, sept cas seulement ont été examinés entre 2011 et 2015 sans aucune sanction. Personne ne mesure l'activité judiciaire des tribunaux pour vérifier leur efficacité ! Faut-il rappeler que l'article 15 de la Déclaration des droits de l'homme et du citoyen affirme que tout citoyen peut demander des comptes à chaque agent public ? Dans le monde syndical, l'ampleur du phénomène des salariés protégés permet à six cent mille d'entre eux d'échapper au droit commun. Dans l'administration pénitentiaire, 226 agents n'effectuent pas la moindre journée à leur poste de travail dans l'année, ce qui est illégal ! Au vu du déficit de nombre de surveillants, cette situation a en outre quelque chose d'ubuesque. Dans certains territoires d'outre-mer, c'est un système d'un autre âge, hérité de l'esclavage, qui est à l'origine des plus révoltantes inégalités, à savoir un système économique monopolistique détenu par quelques familles qui imposent aux ultramarins, via des rentes insupportables, des biens à des prix très excessifs, ce qui n'empêche pas ces familles de bénéficier par ailleurs d'exonérations, de défiscalisations, de subventions diverses et variées. Lorsque je suis venue proposer davantage de concurrence et d'ouverture sur les zones géographiques limitrophes, ces chefs d'entreprise m'ont opposé un refus total… Quand l'économie de rente aboutit à de tels privilèges, ce n'est plus de l'économie. Et les services publics n'ont d'autre choix que de recruter pour ne pas laisser la population à la dérive…

La France est un pays qui ne sait plus dire ni ce qu'il est, ni d'où il vient, ni où il va, et qui titube en pleine cuite d'irresponsabilité politique. Comment s'étonner que les Français soient déboussolés ? La France qui a tout pour être l'un des pays leaders du monde ne parvient pas à être actrice de sa propre mutation, empêchée par les conservatismes d'intérêts. Comment s'étonner que le pays se crispe ? Arrêtée par la tétanie des pouvoirs et la démission de ses élites, hésitant entre les obscurantismes de la nostalgie et de l'enfermement ou l'agitation hystérique des mesures placebo à l'emporte-pièce, la France a perdu ses repères et rompu son pacte sociétal. Nos élites, ancrées dans la jouissance du pouvoir et le bal des égos, ont privilégié les sirupeux discours d'autosatisfaction pour endormir le pays aux moments décisifs, quand il aurait au contraire fallu le faire redoubler d'efforts et de détermination collective. Nos dirigeants ont été des marchands de sommeil. C'est cela, la trahison des élites, et nous en payons tous le prix. Aujourd'hui, la France pépère peut commencer à craindre la France qui crève… Mais cela ne rassurera personne.

À L'INSTANT DE BASCULER, souvenons-nous de la nuit du 4 août. J'ai choisi de représenter le nouveau tiers état, non pas pour qu'il reste là où il est mais pour qu'il s'élève là où il mérite. Nous avons aujourd'hui le devoir de procéder, à nouveau, à l'abolition des privilèges pour rétablir une société d'égalité de droits. Ni égalitarisme ni discrimination positive, mais simplement les mêmes chances pour chacun sur la ligne de départ, où le seul privilège ne sera pas la naissance mais le talent.

*

2. Du 20 au 26 août 1789, l'Assemblée Constituante vote, article par article, la Déclaration des droits de l'homme et du citoyen, laquelle énonce les droits individuels fondamentaux et les érige en principes universels. La première phrase de l'article 1er est restée le cri de ralliement des démocrates du monde entier aspirant à la liberté : « *Tous les hommes naissent et demeurent libres et égaux en droit.* »

Les droits de l'homme seraient-ils, depuis, devenus une étiquette ? Se qualifier de « *pays des droits de l'homme* » ne suffit plus : l'exemplarité historique n'est pas un passe-droit éternel… En France, les droits de l'homme sont aujourd'hui saccagés et menacés. Dans la bouche de certains, le « *droit de l'hommisme* » est devenu une tare. L'État de droit serait à jeter aux orties. La Constitution française, qui a placé cette Déclaration dans son préambule, une « *argutie* ». D'autres ont osé mettre au cœur de leur programme présidentiel la sortie de la France de la Convention européenne des droits de l'homme.

J'ai eu le grand honneur d'occuper la fonction de secrétaire d'État aux Affaires étrangères et aux Droits de l'homme. Dans l'histoire, cette fonction était une première. Et une dernière. N'ayant pas de successeur, j'ai le sentiment de l'être restée. À cette fonction, j'ai éprouvé le prestige de la France sur la scène internationale. Dans le regard de nos interlocuteurs étrangers, ce n'est pas notre produit intérieur brut qui impressionnait mais notre antériorité en matière de droits de l'homme. Toujours les regards des prisonniers politiques, des persécutés, des femmes opprimées, des militants des droits de l'homme se tournent vers la France. Et nous regarderions ailleurs ?

Engagés dans des campagnes pré-électorales permanentes, prêts à tous les raccourcis et toutes les approximations pour gagner, des responsables politiques du plus haut niveau semblent aujourd'hui disposés à s'affranchir du droit et à négliger le principe même de la liberté pour enfermer leur propre pays dans une sécurité concentrationnaire illusoire, à l'opposé de nos principes fondateurs. En témoigne le projet de déchéance de la nationalité pour les binationaux, décidé à la suite des attentats de Paris du 13 novembre 2015. Qu'importe que les terroristes ne soient pas binationaux pour la plupart, traumatisé par les attentats et la menace djihadiste, notre pays est engagé par ses dirigeants politiques dans une surenchère constitutionnelle sécuritaire et une agitation électoraliste dangereuse qui ne résoudront rien. Une mesure « *symbolique* », comme cela a été dit, ne justifiait pas un tel bouleversement de notre ordre constitutionnel. Car, au ministère qui leur était dédié, j'ai compris assez rapidement que les droits de l'homme étaient d'abord du droit.

Placé sous l'emprise de l'émotion et de la peur, de la suspicion et du rejet de l'étranger, du voisin, de l'autre, notre pays semble tout près de menacer, dénaturer et bafouer les principes universels qui l'ont distingué parmi les nations, au vu d'un monde qui n'en croit pas ses yeux… et qui n'a jamais eu autant besoin de la France pour énoncer, défendre et imposer les droits universels au début d'un siècle qui commence de façon si inquiétante. C'est la France oublieuse d'elle-même.

On y confond désormais le rétablissement de l'autorité de la République et l'autoritarisme de l'impuissance. À l'échelon local, on demande aux policiers municipaux de lutter contre le terrorisme mais sans armement ni accès aux fichiers de police. Au global, du PNR européen qui fiche les voyageurs aériens alors même que les terroristes n'ont pas pris l'avion au méga-fichier TES qui centralise les données d'identité, de filiation et de biométrie de soixante-cinq millions de Français, où est la légalité ? Où est la proportionnalité ? Où est le contrôle démocratique ? Jean Baudrillard, témoin des attentats du 11 septembre 2001, nous éclaire : « *Tout se passe comme si le système mondial opérait un repli stratégique, une révision déchirante de ses valeurs – en réaction défensive semble-t-il à l'impact du terrorisme, mais répondant au fond à ses injonctions secrètes –, régulation forcée issue du désordre absolu, mais qu'il s'impose à lui-même, intériorisant en quelque sorte sa propre défaite.* »[2]

Tous fichés. Tous menacés. La lutte contre le terrorisme passe désormais par l'oubli du droit au respect de la vie privée. Quelquefois même, ce fichage ne s'embarrasse pas de justification terroriste : j'ai le souvenir qu'en 2008, la secrétaire d'État aux Droits de l'homme que j'étais avait manifesté son incompréhension vis-à-vis du fichier Edvige... La surveillance généralisée a supplanté la justice globale. Pas de justice, pas de paix pourtant.

Sous les coups de butoir de ceux qui devraient en être les garants, les droits de l'homme sont instrumentalisés. On voudrait fermer notre porte à la misère du monde : elle est grande ouverte aux pires tentations totalitaires ! C'est ainsi qu'en mars 2016, contre trois milliards, une levée des visas pour les Turcs et l'ouverture du 33e chapitre de négociation, l'Union européenne a demandé à la Turquie la mise en place d'un dispositif « *Syrien contre Syrien* » pour sous-traiter la crise migratoire, jetant sur les routes libyennes – les plus dangereuses – des centaines de milliers de réfugiés et jetant au passage par la fenêtre le droit d'asile. L'opinion ne distingue plus

2. *Jean Baudrillard, « L'esprit du terrorisme », article paru dans* Le Monde *du 3 novembre 2011*.

un réfugié d'un terroriste. Formidable résultat : tel islamiste radical, tel assigné à résidence se trouve allocataire du RSA !

Les vrais malheureux, eux, sont entassés dans des camps d'infortune sans perspective pendant des années, sous l'œil exaspéré des populations environnantes et le rictus goguenard d'une extrême droite qui triomphe. Lors d'une visite de la *« jungle »* de Calais en juin 2016, j'ai été frappée par la stratégie du pourrissement menée par l'État, persuadé de décourager les arrivants en les faisant vivre dans des conditions déplorables, alors même que non loin de là, la commune de Grande-Synthe, bien plus accueillante, a réussi à réduire le nombre de réfugiés qui s'y étaient installés. C'est alors que les organisations humanitaires, moins angéliques qu'on ne le pense, m'expliquèrent qu'il n'y avait aucune fatalité à ce camp de Calais. Et en effet, quelques semaines plus tard, le camp fut démantelé : ce qui n'était pas possible pendant plusieurs années l'est devenu en moins de vingt-quatre heures ! Entre-temps, l'extrême droite avait presque réussi à mettre sous sa coupe la région des Hauts-de-France...

Certains vont jusqu'à imaginer l'enfermement d'individus par suspicion, avant même qu'ils aient commis un crime. On nomme cela une justice prédictive. La lettre de cachet est de retour, dans cette société d'Ancien Régime qui nous plonge dans la régression politique.

Au-delà des événements dramatiques que nous traversons et des menaces qu'ils incarnent, la question de l'équilibre entre les libertés individuelles et les moyens collectifs est aujourd'hui posée. L'égalité sans la liberté ou la liberté sans l'égalité, cela sera toujours l'oppression du plus grand nombre par quelques-uns. Ne soyons pas négligents sur ces questions, alors que les révolutions technologiques, dont l'intelligence artificielle, ouvrent le champ de tous les possibles, les meilleurs comme les pires...

À L'INSTANT DE BASCULER, souvenons-nous de la Déclaration des droits de l'homme et du citoyen. Nous avons aujourd'hui le devoir de consolider les droits individuels et universels. Si nous abdiquons, nous risquons de nous trouver dans une situation où ce sont les défenseurs des droits de l'homme, individus isolés, venus de pays supposés étrangers à nos valeurs, qui les défendront le mieux. Oublier nos principes, c'est oublier qui nous sommes.

*

3. Le 16 juin 1881, la loi pose le principe de la gratuité de l'enseignement public. Celle du 28 mars 1882 instaure l'obligation scolaire pour les garçons comme les filles ainsi que la laïcisation des programmes scolaires. Voici les *« lois Ferry »*. Elles ont donné naissance à la « *République du certificat d'études* »[3], la meilleure école du monde, fruit du patient travail de transmission des fameux « *hussards noirs de la République* ». Ces lois ont fait de la France une République scolaire où ceux qui ne sont pas bien nés ont pu faire appel de leur condition, s'élever par la connaissance et l'excellence pour rejoindre une élite républicaine, nécessairement mixte puisque, dans cette école-là, le talent n'était affaire ni de couleur de peau ni d'origine sociale. De Charles Péguy, fils d'une rempailleuse de chaises à Orléans au normalien martiniquais Aimé Césaire, la République fourmille de l'épopée de ces jeunes que l'école publique a honorés.

En l'école de la République, l'enfant des quartiers populaires du nord des Hauts-de-Seine que je suis aurait pu porter tous ses espoirs. Ce fut l'inverse. Ma famille sentit d'instinct qu'il fallait au contraire la fuir. Sans réseaux ni domiciliation prestigieuse, elle s'en remit à l'enseignement privé catholique, désormais bouée de sauvetage des familles démunies qui comptent encore sur l'ascenseur

---

3. *Patrick Cabanel, « La République du certificat d'études », Belin, collection Histoire de l'éducation, 2002.*

social pour leurs enfants. Je suis une ressortissante de l'école libre mais c'est l'école publique qui a aujourd'hui toute mon attention. Car je pense à tous ces enfants qui n'ont pas eu ma chance et pour qui l'éducation ne doit pas relever de la loterie.

Si la meilleure école du monde n'est plus que l'ombre d'elle-même, c'est qu'à force de confondre éducation et instruction, on finit par ne plus faire que de la garderie. C'est un triste tableau noir... Quarante ans de renoncements à la connaissance ont produit une génération d'illettrés, des renoncements qu'un mensonge d'État a organisés sous couvert de progrès.

Avec un budget de 65 milliards, l'école française ne souffre certainement pas d'un manque de moyens. En mettant l'enfant « *au centre de l'école* » par la grâce de la terrible loi Jospin d'orientation de l'école de 1989, en imposant une démocratie scolaire qui veut que l'élève et le maître se valent (observez que les estrades ont disparu des classes !), en multipliant les options citoyennes au détriment des savoirs fondamentaux, en demandant aux élèves leur avis sur tous les problèmes de la société avant même qu'ils ne soient en capacité de lire ou d'écrire, la France a brisé son plus solide mur porteur, le socle d'une nation où l'excellence avait élevé des générations de sans-grade. On demande l'autorisation pour le redoublement des enfants… majeurs. On paie les parents d'élèves pour jouer leur rôle de… parents d'élèves. On leur crée un statut. On invente des concepts aberrants tels que la «*co-éducation*». Le français est dorénavant une «*discipline-carrefour*». Le «*cognitif*» triomphe. Les cerveaux de nos élèves (baptisés désormais «*apprenants*») servent de lieux d'expérimentation de concepts aussi abscons que les «*ateliers de négociation orthographique*» (oui, oui, on négocie l'orthographe !).

L'école a été abandonnée par les pouvoirs publics et les syndicats au profit d'un taux de réussite record au baccalauréat que certains obtiennent étrangement avec des notes de 22/20 sans que personne ne s'en étonne. Personne ne prête non plus attention au fait que, parmi ces bacheliers généralistes, les trois quarts sont des enfants de cadres, les enfants d'ouvriers, eux, obtenant majoritairement un bac professionnel. Personne ne se demande enfin ce que deviennent les 20 % qui n'ont aucun baccalauréat. Des centaines de milliers d'enfants abandonnent le système éducatif sans avoir acquis l'essentiel, et ne trouvent aucune alternative sérieuse. Les jeunes étudiants s'entassent dans des universités, dites gratuites, sans en maîtriser le cursus et les débouchés. Les deux tiers échouent avant la fin dudit cursus. Les plus informés, eux, ont emprunté le chemin des filières sélectives, une sélection opérée avant le baccalauréat, ce qui en dit long sur la valeur que les grandes écoles accordent au parchemin. Il se dit même que la sélection s'opère dès la maternelle ! Jacques Attali en recense *« cent ou deux cents »*[4] où il vaut mieux être inscrit si l'on veut rejoindre l'élite scolaire du pays : *« On notera que l'essentiel des élèves reçus aux grands concours comme ceux de l'École normale supérieure ou de l'École polytechnique viennent d'une dizaine de lycées. En poursuivant jusqu'à l'absurde, on pourrait même sans doute établir que la majorité des élèves des plus grandes écoles françaises ont commencé leur scolarité dans une ou deux centaines de classes maternelles ! »* Les fondamentaux de l'instruction sont négligés tout en haut par ceux qui travaillent à la conservation de leur position plus qu'à l'avenir de nos enfants. Dans ce gâchis, les enseignants doivent compenser les défaillances des moyens et des programmes au quotidien, s'adapter en permanence aux réformes des ministres éphémères qui collent leur nom sur leur loi – tout cela en étant les plus mal payés de l'OCDE et confrontés, contre l'évidence, à la confusion de parents qui demandent à l'école, trop souvent en consommateurs exigeants, de compenser leurs propres défaillances éducatives… « *L'éducation, c'est la famille qui la donne ; l'instruction, c'est l'État qui la doit* », disait Victor Hugo. La trop grande

4. *Jacques Attali, rapport «Pour un modèle européen d'enseignement supérieur», 1998.*

présence des parents à l'école est autant un problème que leur absentéisme. Il y a un besoin urgent de clarification pour retrouver la sérénité indispensable…

Dans ce chaos généralisé, le plus déchirant est sans doute la montée des inégalités scolaires. 5 % seulement des fils d'ouvriers accèdent désormais aux grandes écoles contre 15 % dans les années 1980 ! Les ZEP ont achevé d'institutionnaliser l'apartheid scolaire par la grâce d'une carte scolaire qui établit un mur infranchissable entre les ghettos de riches et les ghettos de pauvres. Quand la République devient criminelle… Les rustines inventées pour cacher ce crime d'État pullulent en vain : ZEP, RAR, RRS, ERS, CLAIR, ECLAIR, etc. L'école, qui aurait dû être le lieu d'émancipation des plus jeunes, a été leur tombeau social, le lieu des reproductions sociales les plus cruelles. Privés de culture générale, du latin et de Corneille, enseignements supposés bourgeois, et sans doute parce que les pédagogues du Ministère n'avaient que mépris pour les enfants de pauvres, ces derniers ont été humiliés lorsqu'on leur proposa des cours d'arabe ou l'enseignement des cultures de la rue. On les a enfermés dans leur supposée culture, là où il aurait fallu leur donner la possibilité de s'en émanciper pour s'ouvrir à l'universel et aux autres. La promesse républicaine aurait voulu qu'ils soient traités comme tout le monde et non comme des exclus, privés même du nombre de mots nécessaires pour s'exprimer. Fatoumata ou Kevin peuvent être le ou la meilleur(e) de leur ZEP : elle ou lui sont condamné(e)s à y rester à moins qu'on finisse par leur jeter en aumône la discrimination positive, eux qui n'avaient pourtant que l'école pour s'élever. Le risque est grand que leur parcours soit suspecté d'imposture. La discrimination positive est un stigmate. Elle diminue les discriminés positifs. Comme je l'indiquais dans un précédent ouvrage : « *D'ailleurs, pourquoi a-t-on pensé qu'il leur fallait, à ces jeunes, des sous-savoirs, des sous-connaissances, des sous-diplômes et des sous-concours ? Comment a-t-on pu inciter tant d'élèves capables du meilleur à se contenter de si peu ? Parce qu'ils venaient des cités ? Parce qu'ils étaient pauvres ? Parce qu'ils étaient blacks, beurs ? Et rien n'est réglé. Qu'advient-il des autres ? De la grande masse des "discriminés négatifs" ? Que fait-on de ceux qui, ni blacks ni beurs, ne viennent pas des cités, qui appartiennent à des catégories sociales menacées de déclassement, habitants de villes moyennes, du monde rural ou même de cités où ils se vivent en minorités invisibles ? La misère blonde aux yeux bleus, elle n'aurait donc "droit" à rien ? Doit-elle payer la mauvaise conscience des élites parisiennes vis-à-vis de l'échec des ZEP ?* »[5] De l'obscénité de hiérarchiser les jeunesses délabrées...

5. *« Plaidoyer pour une instruction publique », Grasset, 2011.*

Désormais, échappant à cette bérézina (car leurs familles ont deviné qu'il fallait contourner la carte scolaire et fuir), les héritiers sont la nouvelle élite. Les réseaux, l'argent, les dérogations consacrent une aristocratie scolaire, figée et consanguine. Le latin qu'on veut désormais expulser de nos écoles nous apprend qu'instruire, *instruo,* c'est bâtir, outiller, assembler, une nation donc, celle qui fut la plus admirée au monde pour sa capacité à ne jamais accepter les enfants tels qu'ils sont mais dans leurs capacités pressenties. Ce fut le pari républicain. Il n'en reste rien.

À L'INSTANT DE BASCULER, nous devons renouer avec une école de l'exigence, de l'excellence et du mérite, celle que les lois Ferry ont consacrée. C'est un ministère de l'Instruction publique dont la France a besoin, voire un ministère de la... Rééducation nationale. Rebâtir la nation française commence par là. L'enjeu est de cesser de mentir à la jeunesse française et, par l'école, de poser un acte de foi à son endroit. On doit pouvoir, ce que le système interdit aujourd'hui, habiter en banlieue et entrer en sixième dans le grand lycée de centre-ville parce qu'on est un excellent élève, tout simplement. Et c'est beaucoup.

*

4. Le 9 décembre 1905, l'Assemblée nationale vote la séparation des Églises et de l'État qui « *assure la liberté de conscience* » individuelle et de cultes (article 1er) tout en établissant la neutralité de l'État et la primauté des principes républicains sur toute considération religieuse. De fait, aux termes de l'article 2, « *La République ne reconnaît, ne salarie ni ne subventionne aucun culte.* »

L'affaire semblait entendue : la foi est une affaire intime. Rien d'autre que la citoyenneté ne doit distinguer les Français entre eux.

Politiquement, cette façon très française de concevoir la nation, de sorte que le mot « *laïcité* » n'existe dans aucune autre langue, emporte toutes mes convictions au point que quittant l'UMP en 2010, c'est le Parti radical, à l'origine de la loi fondatrice de 1905, que j'ai rejoint.

Il faut y aller, place de Valois : une fois passée la pancarte délicieusement surannée « *Parti républicain, radical et radical-socialiste* », de vieux barbus vous toisent depuis les murs. En guettant votre regard incrédule, on vous dit qu'ils ont fait et défait les Républiques. Ils portent des noms de métros parisiens, d'écoles républicaines, d'avenues prestigieuses. Ils ont fait la France. Voici Gambetta qui a proclamé la République après la défaite de l'Empire. Là, les défenseurs du capitaine Dreyfus.

Plus loin, Jean Moulin et les résistants.René Cassin, qui rédigea la Déclaration universelle des droits de l'homme. Et tous les autres : Edgar Faure, Félix Gaillard, Pierre Mendès France, Jacques Chaban-Delmas. À ceux qui demandent où me classer, ma vérité politique est sur ces murs. Il faut y aller, place de Valois.

Qu'a-t-on fait du legs laïc ? Des revendications religieuses partout. La question religieuse est de retour, centrée sur l'islam, ses six millions de croyants ou supposés tels et ses deux mille deux cents mosquées, sur fond de vagues d'attentats d'inspiration islamiste radicale. La vieille dame de cent onze ans qu'est la loi de 1905 est bousculée, vilipendée, méprisée. Le premier coupable est l'État et ses lâchetés successives.

Toutes les lois d'inspiration laïque ont été bafouées : « *Nul ne doit être inquiété pour ses opinions même religieuses* », selon l'article 10 de la Déclaration des droits de l'homme et du citoyen ? On veut forcer les élèves de confession musulmane à manger du porc à la cantine. Les lois Jules Ferry de 1881-1882 instituent l'école laïque ? On veut désormais y enseigner les religions. La circulaire Jean Zay de 1936 prescrit qu'« *aucune forme de prosélytisme ne saurait être admise dans les établissements* » ? Les mères voilées sont autorisées à accompagner les élèves lors des sorties scolaires.

Le Préambule de 1946 inscrit le principe de laïcité dans la Constitution ? L'article 10 de la loi du 10 juillet 1989 d'orientation sur l'école prône la liberté d'expression des élèves. Trois mois plus tard, des jeunes filles de Creil entrent dans leur école avec un voile sur la tête.

C'est ainsi que la laïcité a été dénaturée par l'État lui-même, soucieux d'acheter la paix sociale. L'affaire de la crèche BabyLoup – dont une salariée avait été licenciée au motif qu'elle portait un voile islamique – n'a connu son épilogue judiciaire qu'au bout de sept ans de procédures ! Alors que la loi interdit de subventionner les lieux de culte, les pouvoirs publics ont trouvé les moyens de… le faire via l'attribution de baux emphytéotiques ou le financement de lieux culturels comme les hammams. Toujours aussi hypocrites, ils dénoncent l'influence de l'Arabie Saoudite et du Qatar sur l'islam de France mais leur vendent des armes par ailleurs. La religion catholique est elle aussi concernée : on ferme les mosquées clandestines mais l'église Saint-Nicolas-du-Chardonnet, symbole du lefevrisme, reste illégalement occupée depuis… 1977 !

Résultat : plus personne ne sait ce que signifie la laïcité. Pour les uns, elle est synonyme d'une intolérance islamophobe. Pour les autres, elle apparaît comme un glaive de combat des religions et d'abord de l'islam, assimilé à un nouveau fascisme. D'autres lui accolent des adjectifs incongrus pour bien signifier qu'ils ne savent plus ce qu'elle signifie.

Pour moi, la laïcité se suffit à elle-même. Elle doit être appliquée. Point. Dans sa fermeté et dans sa bienveillance. Personnellement, j'y ai trouvé un équilibre harmonieux : originaire d'un pays musulman qui a eu pour premier président un chrétien, produit de l'école catholique, liée par mariage à une famille d'artistes qui chante depuis quarante ans la culture yiddish, je m'épanouissais pleinement au pays de la laïcité, lorsque la France fut frappée de ce mauvais vent qui assimila le musulman à un terroriste, le juif à un sioniste et le catholique à un islamophobe. Pendant ce temps-là, les vrais terroristes, eux, maniaient l'art de se fondre dans la société française. Je ne me reconnais ni dans les procureurs de la laïcité ni dans les défenseurs de l'islamophobie. Je ne me sens pas concernée par cet islam dont le pays débat au quotidien. L'association terrorisme et islam m'apparaît comme le plus terrible des oxymores. Les radicalisés ne sont même pas, de mon point de vue, des musulmans. Ceux qui sont d'origine immigrée ne sont pas moins convertis que ceux d'origine normande. Les femmes en burka ne m'inspirent aucune proximité : au Sénégal, je n'en avais jamais vu. C'est en France que je les ai rencontrées. Et que dire de ces imams au passé carcéral – je n'aurais jamais cru que cela puisse exister... Tout cela est bien éloigné de l'intimité et de la pudeur qu'implique la foi.

Les luttes internes de l'Observatoire de la laïcité sont à cet égard symptomatiques de la confusion de nos élites, qui nourrit les tensions au lieu de les réduire. Et l'État a été le grand responsable de ce chaos. Il a progressivement organisé la trahison des laïcs, enterrant les rapports du Haut Conseil à l'intégration, se dessaisissant au profit des juges, tranchant au cas par cas au détriment des principes, se contredisant affreusement au gré des alternances. C'est ainsi que la question de l'accompagnement des sorties scolaires par les mères voilées a été successivement autorisée par Xavier Darcos en 2007, interdite par Luc Chatel en 2011, pendant que leur collègue de l'Intérieur estimait qu'« *on ne peut pas légiférer* ». Perdus, les tribunaux se sont mis à leur tour à se contredire : le tribunal administratif de Montreuil estima en 2011 que ces sorties étant le prolongement de l'école, leur accompagnement par ces mères-là n'est pas « *un droit* » avant que le tribunal administratif de Nice ne rendît une décision inverse en 2015. Les représentants de l'État n'ont plus de mots pour qualifier les « *musulmans* » désormais réduits à l'acception religieuse de « *Franco-musulmans* » dans la bouche d'une ministre de la République. On attend encore les « *Franco-catholiques* », les « *Franco-bouddhistes* », les « *Franco-protestants* »... Une autre ministre de la République, Najat Vallaud-Belkacem, préféra, elle, rester bouche cousue devant un salafiste refusant de lui serrer la main.

Et si l'on revenait à loi de 1905 ? Au droit, rien qu'au droit ? On réaliserait que les prisons souffrent d'un déficit d'aumôneries musulmanes. On étendrait l'interdiction du voile aux amphithéâtres universitaires. On cesserait de réserver des horaires particuliers aux femmes dans les piscines. Si la France ne vivait pas dans un système de privilèges, elle n'aurait pas autorisé les absences pour fêtes religieuses dans la fonction publique tout en ne les prenant pas en compte dans le Code du travail, créant dans chaque entreprise du pays une forte insécurité juridique. On n'accorderait pas à la liberté religieuse ce statut spécifique dont ne bénéficie pas la liberté d'opinion au sein de l'entreprise.

La religion a envahi et occupe notre espace public tout entier, dans l'ignorance ou un cynisme de courte vue, par défauts d'autorité, de responsabilité et de clairvoyance de nos responsables politiques.

C'est un immense gâchis car nul autre pays au monde n'a, comme la France, une telle capacité à répondre à ce défi majeur, à condition de s'appuyer sur son expérience historique. Héritages de temps qui ont vu la France toute proche de disparaître dans une guerre de religions qui l'a affaiblie durablement et qui ne concernait pas l'islam mais le christianisme, les principes de la laïcité – de neutralité religieuse et d'autorité républicaine – mettent à notre disposition les outils pour éviter de glisser sur cette pente fatale. À condition de ne pas les maltraiter, les déformer, les caricaturer tous les jours dans les médias, dans les hémicycles, au sommet de l'État comme dans certaines de nos mairies.

À L'INSTANT DE BASCULER, nous avons aujourd'hui le devoir de rétablir la sérénité indispensable aux temps troublés en rappelant ce qu'est la laïcité de 1905 : une neutralité, un vecteur d'émancipation et d'abord pour les femmes, le cœur battant de la citoyenneté. La France n'étant pas une religion, son pari fut d'affirmer la primauté de la loi républicaine (qui libère) sur la loi communautaire (qui enferme). Loin du triomphe de l'idéologie différentialiste, il faut revenir à l'égalité des citoyens devant la loi. Le droit français doit donc s'appliquer, aux yeux des citoyens comme des religions, loin des exceptions lâches, loin des accommodements honteux.

Rappelons-nous la fameuse phrase du comte de Clermont-Tonnerre dans l'hémicycle : « *Il faut tout refuser aux Juifs comme nation et tout accorder aux Juifs comme individus.* » Le même principe doit être appliqué aux Français de confession catholique, musulmane ou autre. Ni plus, ni moins.

*

5. Le 17 juin 1940, à Chartres, Jean Moulin, préfet d'Eure-et-Loir, est torturé par les Nazis pendant sept heures. Le futur chef de la Résistance refuse de signer le protocole d'aveu exigé par les Allemands, selon lequel les tirailleurs sénégalais ont violé et massacré des femmes et des enfants, en vérité victimes de bombardements allemands. Moulin leur répond : « *Nos tirailleurs sont incapables de commettre une mauvaise action contre des populations civiles et moins encore les crimes dont vous les accusez.* » Refusant d'avouer ce qui est faux, il saisit un débris de verre pour se trancher la gorge. Dans *Premier combat*, il raconte : « *Je ne veux pas être complice de cette monstrueuse machination qui n'a pu être conçue que par des sadiques en délire.* » Moulin gardera de cette tentative de suicide une cicatrice dissimulée sous sa célèbre écharpe.

À l'heure où l'on s'interroge sur le sens à donner à notre nation fracturée sous l'effet des dissidences communautaires, ce geste magnifique de Jean Moulin exprime combien ce qui nous rassemble en tant que Français est plus important que ce qui nous sépare. Cette force militaire africaine a sauvé la France de la disparition avant que les travailleurs immigrés contribuent à sa reconstruction. Des Français qu'on méprise ont sacrifié leur vie pour sauver des tirailleurs. L'amour de la France est sans doute ce que nous avons le plus en partage. La mémoire ne divise pas toujours. Celle de Moulin et des tirailleurs rassemble. Près d'un million de combattants issus de ce qui constituait alors l'empire colonial français ont servi dans l'armée française au cours du XXe siècle. Cent mille d'entre eux sont *« morts pour la France »*. Le frère de mon grand-père est l'un d'eux. Et il faudrait le taire au moment où le pays est pris en otage par l'extrême droite ? Les tirailleurs sont tombés pour que la France ne meure pas. Lors de la Seconde Guerre mondiale, les premiers territoires ralliés en 1940 au Général sont africains : tout d'abord le Tchad, conduit par le premier gouverneur noir de l'Empire, le Guyanais Félix Éboué ; puis le Cameroun, sous le commandement du futur général Leclerc. Les premières victoires de la France ont ainsi été obtenues grâce à une armée constituée à 80 % d'Africains. Sans parler des dissidents antillais dans la Résistance outre-mer.

Alors quoi ? Comment en est-on arrivé à une nation dont les citoyens ne savent plus s'ils ont envie de continuer à vivre ensemble ?

Depuis 1940, la France a été hélas oublieuse aussi de sa mémoire. De charters dégradants en visas rationnés, elle a humilié, sans rassurer les Français, une génération d'Africains. Voyez comment Tidjane Thiam, ce jeune Polytechnicien qui a défilé sur les Champs-Élysées à la grande fierté de sa mère sénégalaise analphabète, a fini par quitter la France, lassé de ce plafond de verre qui empêche trop souvent les cadres d'origine africaine de décrocher des postes à responsabilité. Les témoignages affluent : des colloques franco-africains qui ne peuvent être organisés ; des collaborateurs africains d'entreprises françaises qui ne peuvent honorer des rendez-vous à Paris ; des artistes qui annulent des spectacles faute de visa. Conséquence : le pourcentage d'étudiants africains qui choisissent la France a diminué d'un cinquième en l'espace de quatre ans, chutant de 36 à 29 %. La France rate ainsi la chance de former des générations d'élites francophones en les « *raccompagnant* ». Les accords de « *gestion concertée* » sont vécus comme une forme de « *chantage migratoire* ».

Et puis, au-delà de l'inefficacité, il y a quelquefois l'inhumanité : Yaguine Koïta et Fodé Tounkara, deux écoliers guinéens de 14 et 15 ans, passagers clandestins du vol 520 de Sabena Airlines en juillet 1999, découverts morts de froid dans le train d'atterrissage d'un avion à l'aéroport de Bruxelles. Sur leur corps, une lettre dénonçait la situation de leur pays et appelait à la solidarité européenne.

En 2001, une autre mémoire qui aurait dû rassembler a divisé : le 21 mai est votée la loi tendant à la reconnaissance de la traite et de l'esclavage comme crime contre l'humanité.

Depuis, c'est un lancinant refus de la « *repentance* », de la « *victimisation* », de la « *concurrence des mémoires* » qu'expriment bien des responsables politiques. Pourquoi avoir voté cette loi alors ? Pourquoi ne pas l'avoir abrogée ensuite ?

Comme rageait le vieux Césaire : « *Pensez au type enlevé en Afrique, transporté à fond de cale, enchaîné, battu, humilié, on lui crache à la face, et cela ne laisserait aucune trace ?* » Cette loi était importante pour les descendants d'esclaves outre-mer qui voulaient simplement parachever leur intégration à la France. Quelle repentance ?

On dénonça la victimisation. Quelle victimisation quand l'histoire de l'esclavage compte tant de héros, de Louis Delgrès à Toussaint Louverture, et quand de grands Français ont été abolitionnistes, de l'abbé Grégoire à Victor Schoelcher ?

Quelle concurrence des mémoires ? La Shoah ? Il faut relire l'historien Joseph Ki-Zerbo qui explique qu'aux premières années de l'ère chrétienne, des colonies de Juifs persécutés s'étaient réfugiés en Afrique. Par l'Aïr ou l'Adrar mauritanien, ils avaient atteint le Sénégal et le Fouta, certains d'entre eux s'installant dans les oasis comme artisans ou commerçants. Quant aux autres, ayant poursuivi leur voyage, ils ont très vite été absorbés dans le bloc négroïde. L'historien burkinabé a également montré comment Makeda, reine d'Éthiopie, s'est convertie au dieu d'Israël au contact du roi Salomon auquel elle donna un fils, Menelik, qui, une fois sacré roi par Salomon, reviendra en Éthiopie après avoir subtilisé l'arche de la Sainte Alliance pour l'honorer en Afrique.

Claude Lanzmann a expliqué que l'Antillais Franz Fanon a pris conscience de sa condition de Noir en lisant les *Réflexions sur la condition juive*, de Sartre. « *Il ne s'agissait pas alors de concurrence mais de solidarité. Car, il y a, c'est ma conviction,* poursuit Lanzmann, *une universalité des victimes comme des bourreaux ; elles se ressemblent toutes, ils se ressemblent tous.* » Ce que confirme ce proverbe antillais : « *Quand on parle du Juif, tends l'oreille, on parle de toi !* » Est-ce pour cela qu'Haïti, terre de Noirs, a été le premier État à proposer l'hospitalité aux Juifs menacés dans une Europe en voie de nazification ? En 1945, lors de la libération du camp de Buchenwald par les soldats noirs américains, Elie Wiesel témoigne que l'un d'entre eux a tendu l'oreille à la vue des corps décharnés de déportés : « *Je me rappellerai toujours avec tendresse ce grand soldat noir. Il pleurait comme un enfant. Il pleurait de douleur, toute la douleur du monde, mais aussi de fureur.* »

Voilà la mémoire commune qui devrait être enseignée à nos chères têtes blondes et brunes. Au moment où certains déplorent que les livres scolaires soient écrits par des « *idéologues* », il n'est pas inutile de rappeler que l'école de la République a toujours été idéologue : son enseignement forme des citoyens, appelés à honorer un jour la nation, l'autre nom de la République. Nulle part ailleurs qu'en France, l'enseignement n'a été aussi « *idéologique* ». Car il se confond avec la construction d'une République, qui s'est bâtie contre la monarchie et loin des religions. Dès lors, c'est par l'école qu'elle renaîtra.

L'enjeu est de confier à la prochaine génération, actuellement divisée entre mille jeunesses, le soin de continuer la France. Comment le peuvent-elles alors même que les pompiers-pyromanes organisent méthodiquement la confrontation entre Kevin, apprenti-boucher en Saône-et-Loire tenté par le vote d'extrême droite, et Mohamed, décrocheur scolaire de Drancy tenté par le radicalisme religieux ? Il s'agit pourtant là de deux Français. Commençons donc par leur transmettre une mémoire commune afin que leur avenir un jour ait une chance d'être commun.

À L'INSTANT DE BASCULER, pensons à notre ancêtre commun Jean Moulin. Nous avons aujourd'hui le devoir de redonner à nos concitoyens une raison de former une nation. Nous le fûmes dans les tranchées comme dans le maquis, unis par le sacrifice du sang versé. Notre mémoire est ardemment commune. Au-delà des principes d'appartenance à une nation, qui relèvent d'une alchimie spirituelle, un travail et un toit seront un bon début.

*

6. LE 24 MARS 1944, le Conseil National de la Résistance, qui rassemble des mouvements hétérogènes que tout devait opposer sitôt la guerre finie, annonce sa volonté de rester uni après la libération du territoire, et publie son programme « *Pour les jours heureux* » pour assurer :

– « *l'établissement d'un gouvernement pour défendre l'indépendance politique et économique de la nation, rétablir la France dans sa puissance, dans sa grandeur et dans sa mission universelle* »

– « *un rajustement important des salaires et la garantie d'un niveau de salaire et de traitement qui assure à chaque travailleur et à sa famille la sécurité, la dignité et la possibilité d'une vie pleinement humaine* »

– « *la reconstitution, dans ses libertés traditionnelles, d'un syndicalisme indépendant* »

– « *un plan complet de sécurité sociale, visant à assurer à tous les citoyens des moyens d'existence, dans tous les cas où ils sont incapables de se le procurer par le travail, avec gestion appartenant aux représentants des intéressés et de l'État* »

– « *l'élévation et la sécurité du niveau de vie des travailleurs de la terre* ».

Qu'avons-nous fait de ces aspirations, de ce serment, de cette promesse, soixante-dix ans plus tard ?

Inexorablement, la France se banalise. Et les Français qui le sentent bien ne le supportent pas. La vocation de la France n'a jamais été d'être quelconque.

Ce déclassement se produit, non par une fatalité de l'Histoire qui l'aurait condamnée à « *rentrer dans le rang* » ou disparaître, comme on l'entend encore trop souvent, mais par ses propres renoncements à peser, malgré ses gigantesques atouts, sur le monde et ses mutations. Songeons qu'au moment où l'Afrique décollait sur le plan économique il y a dix ans, la France choisissait de lui faire supporter la rigueur budgétaire du Quai d'Orsay au profit de l'Asie : dans les pays francophones, les parts de marché de la France ont été divisées par deux.

Le déclassement économique de la France a pour corollaire l'effritement de ce qui avait toujours fait sa force : son autorité morale sur le monde. Et ce repli-là, pour nous Français, est bien pire. Ainsi la francophonie, exclusivement défendue par des étrangers et rarement par les Français, ne progresse que par sa dynamique démographique… en Afrique. Même là, nulle ambition ne se dessine : en Éthiopie, au moment où la France réintroduit le français dans le secondaire, plus aucun étudiant dans cette langue n'était inscrit à l'université, privant le français de futurs enseignants. Cette négligence vis-à-vis de la francophonie est indigne d'un pays membre du Conseil de sécurité des Nations-Unies, qui n'a pas su mobiliser politiquement les quatre-vingts États de l'Organisation de la Francophonie. Certes, quand Paris a été attaquée par l'État islamique en novembre 2015, les dirigeants du monde entier se sont pressés au chevet de la France. Comme si la France ne s'appartenait pas tout à fait…

Mais cette affection indiscutable n'empêche pas les sombres diagnostics d'une sortie de l'Histoire, cette peur du vide devant l'ouverture des frontières, l'effacement des idéologies structurantes, le multiculturalisme et l'émergence de puissances contestataires. Les prédictions paniquées attisent les crispations déjà alarmantes de la société française, et même les intellectuels de gauche désormais complexés ont démissionné : les grincheux ne croient plus au progrès et à la démocratie, repliant leur pensée sur un retour sur soi qui fait écho au facho-business de salon. Nul sursaut derrière cette trahison des intellectuels, mais un obstacle de plus.

Dans son livre *Nous ne sommes plus seuls au monde*, Bertrand Badie donne l'explication à ce déclassement : si la marche du monde est angoissante pour la France mais aussi pour toute la « *famille occidentale* », c'est parce que le Nord « *ne maîtrise plus l'agenda international* », celui-ci étant désormais piloté par le Sud. L'Occident doit compter avec un monde qui n'est pas exclusivement le sien. À l'émergence de nouveaux États qui lui contestent son autorité et viennent rompre l'« *entre-soi* » occidental, s'ajoute l'apparition d'acteurs sociaux devenus globaux portés par les sociétés civiles (ONG, entreprises, fondations, collectifs sociaux). « *La puissance militaire ne fait plus la différence* » (Afghanistan, Libye, Syrie, etc.) et pourtant on continue à le penser en conservant un mode de gouvernance globale issu du traité de paix de Westphalie au XVIIe siècle. Les Européens et les Américains ont fini par incarner la « *puissance des faibles* ».

La France n'est pas condamnée à devenir une puissance molle, une puissance intermédiaire, ou une puissance secondaire. Même avec 1 % de la population mondiale, sa vocation est d'être une puissance médiatrice, pour parler comme Michel Foucher. Avec le troisième réseau diplomatique mondial, 2,5 millions d'expatriés, un dynamisme intellectuel qui permet de saisir la complexité du monde, la France est une personnalité, pour citer cette fois Marcel Gauchet. Face à la marchandisation du monde, l'universel est notre référence, celle qui permet de promouvoir la liberté, la démocratie, la culture, l'écologie. Notre place aurait dû être aux côtés des Indignés de Madrid et de Wall Street, avec les altermondialistes héritiers de Porto Alegre, avec les homosexuels pour la dépénalisation universelle de l'homosexualité et avec les femmes du monde arabe qui criaient, à la face de leurs dictateurs, «*Dégage*» en français et que nous avons abandonnées, mais qui ont, sans rancune, ajouté «*Je suis Charlie*» quand nous avions besoin de l'entendre.

Le voyons-nous?

L'Europe qui aurait pu et dû être l'espace régional le mieux organisé dans notre monde en archipels, l'Europe censée prolonger et magnifier la France, est devenue, jusque dans la caricature, une foire commerciale sous triple emprise technocratique, financière et comptable. Une sorte de miroir grossissant de nos propres insuffisances. L'Europe est aujourd'hui une démocratie défaillante qui fait honte à tous ceux, dont je fais partie, qui ont toujours voulu une autre Europe. Les Européens ont été ballotés, méprisés et dupés par leurs représentants.

Ballotés, les Européens le sont quand il n'y a pas de pilote dans l'avion. Qui dirige l'Europe ? Quel est même son visage ? Junker (président de la Commission européenne) ? Mogherini (ministre des Affaires étrangères) ? Tusk (président du Conseil européen) ? Koenders (président du Conseil de l'Union européenne pour l'année 2016) ? Cette absence d'incarnation serait-elle une forme d'irresponsabilité ?

Méprisés, les Européens le sont quand l'Europe avance cynique et faussement concurrentielle derrière le masque de la conviction et des principes.

Dupés, les Européens le sont quand leurs responsables imposent, dans le secret des alcôves, des évolutions institutionnelles majeures en se passant du consentement des peuples qu'ils sont censés servir. Les Français n'ont été consultés que trois fois (sur seize référendums) au sujet de la construction européenne sous la Cinquième République. Et lorsqu'ils le sont et que leur réponse ne plaît pas comme en 2005, on s'arrange, trois ans plus tard, pour faire quand même passer la

Constitution européenne rejetée via le Traité de Lisbonne. Quant au Traité transatlantique de libre-échange, vingt-cinq ans de négociations se sont déroulées sous l'égide de la Commission européenne sans qu'à aucun moment le Parlement européen, et encore moins les citoyens, n'aient eu le droit de s'enquérir de ce projet. Le mandat de négociation n'a été rendu public qu'en octobre 2014 ! Même le droit de pétition européen est une hypocrisie, donc inapplicable : au bout de trois ans, l'Initiative citoyenne européenne (ICE) est un outil mort-né. Sur cinquante et une propositions, seules deux sont arrivées à terme : le *« Right 2 Water »* pour l'accès à l'eau et le *« One of Us »* relatif à la destruction des embryons humains.

L'avenir, qui passe nécessairement par la recherche, n'est pas suffisamment préparé : alors que les États-Unis investissent massivement dans le numérique et l'intelligence artificielle, l'Union européenne traîne une recherche sans budget : 80 % des programmes de recherche sont d'origine nationale. Quels champions l'Europe oppose-t-elle aux nouveaux maîtres du monde américains que sont Google, Amazon, Facebook et Apple ? Depuis Galileo et Airbus, le grand projet européen, celui d'une génération, est inexistant. Pourtant, il suffirait d'un budget de 3 % du PIB pour que la recherche européenne soit à l'origine de 3,7 millions d'emplois supplémentaires et d'une hausse du PIB de 795 millions d'euros d'ici à 2025. De grands projets auraient pu être initiés dans des domaines aussi stratégiques que le numérique, les sciences du vivant, les énergies décarbonées, la santé, les transports. Au lieu de cela, il a fallu en 2012 la mobilisation de quarante-quatre prix Nobel et six médaillés Fields pour péniblement arracher un budget de 79 milliards à l'horizon 2014-2020 (à peine 2 % du PIB). Le projet européen est amnésique sur le politique, timoré sur la gouvernance et compromis sur l'économie. Contexte déflationniste, crise financière, chantage à l'exclusion de la Grèce, crise des migrants, concurrence faussée entre partenaires européens (sept pays de l'Union n'ont pas de SMIC !) : l'Europe, face à cette concomitance des crises, est incapable en l'état de protéger et développer l'espace dont elle a la charge. Dans l'agriculture, alors que le nombre de travailleurs détachés a augmenté de 1000 % entre 2004 et 2011, seuls cinquante-quatre constats d'infraction ont été relevés en 2013. Le problème de l'Union européenne, c'est son ambiguïté : on ne construit pas un projet politique depuis une salle de marchés ou une arrière-boutique. L'inattendu Brexit en a été la plus éclatante illustration. Une autre génération doit prendre les rênes et replacer le projet européen là où il devrait être… c'est-à-dire au sommet de tout agenda politique.

Il y a urgence.

Les Français sont chaque jour plus nombreux à rejoindre ou à se rapprocher de la cohorte des déclassés, mis en difficulté par la rareté, non des biens, des services, des tentations commerciales qui n'ont jamais été aussi nombreux, mais du fruit légitime de leur travail, quand ils en ont un, ou du travail, quand ils n'en ont pas, rendant impossible de vivre dans la dignité.

Chaque jour en France, dix mille personnes perdent leur emploi. Neuf millions de personnes ont un niveau de vie inférieur au seuil de pauvreté. Les inégalités sont inscrites dans une géographie française bien malmenée. En outre-mer, le taux de pauvreté est trois à quatre fois supérieur à celui de l'Hexagone. Le taux de chômage y dépasse la barre des 30 %. Dans les quartiers dits prioritaires de l'Hexagone, le taux de chômage des 15-24 ans atteint 45 %. 38 % des habitants y vivent sous le seuil de pauvreté. Partout, des générations entières sont malmenées. Pourquoi ? Pour qui ? Six cent mille retraités sont allocataires du minimum vieillesse. Quant aux jeunes, qui n'ont connu que la crise, ils ont été délibérément précarisés par une société qui, de cautions logement exorbitantes à une pratique systématique de l'emploi précaire, démontre chaque jour à sa jeunesse qu'elle ne lui accorde aucune importance. L'apprentissage – ce mot qu'on a tous à la bouche – a été détourné au profit des étudiants des grandes écoles et au détriment des jeunes à bas niveaux de qualification.

Les Français qui travaillent ont besoin d'un pouvoir d'achat, quand les autres ont besoin de travail. Pourtant, entre soutien à l'embauche, emplois aidés, revenus de soutien, dispositifs de pré-retraite, exonérations de charges sociales, les dépenses publiques en faveur de l'emploi atteignent 4,15 % du PIB (83 milliards), le tout pour un résultat catastrophique.

Les raisons ? Le niveau de protection élevé, obtenu au prix d'une fiscalité confiscatoire qu'aucune niche fiscale (et il en existe cinq cents dont les trois quarts ne servent à rien !) n'a su corriger, a fini par peser sur le chômage de longue durée. La formation professionnelle ne bénéficie pas à ceux qui en auraient le plus besoin, les jeunes, les seniors et les chômeurs. Les rigidités du marché du travail (trente-huit formes de contrats, vingt-sept régimes dérogatoires et une dizaine d'organisations du temps de travail) supposées protéger les salariés ont fini par les exposer : 9 % seulement des nouvelles embauches se font en CDI ! 64 % des CDD sont signés pour une durée de moins d'un mois (+230 % depuis 2000).

Au final, le poids de l'État a renforcé l'égoïsme et la fraude, étouffé les initiatives et installé une société de la défiance.

La France est tellement préoccupée de redistribuer ses richesses qu'elle en a oublié qu'il fallait aussi les produire.

La France est tellement occupée à gérer ses chômeurs comme ses pauvres qu'elle en oublie de leur trouver un emploi. C'est ainsi qu'avec un record de la durée d'inscription au chômage, des régimes spéciaux fort coûteux, l'assurance-chômage connaît un déficit de 4 milliards par an, soit une dette qui a doublé en cinq ans et atteint 30 milliards fin 2016. Le coût de la dizaine de minima sociaux existants a progressé de 30 % entre 2008 et 2014 pour atteindre 25 milliards d'euros. Tout cela pour quoi ? Seuls 2 à 4 % des bénéficiaires, sur un total de quatre millions de personnes, parviennent à quitter définitivement ce système.

La France est tellement occupée à sauver (vainement) Florange qu'elle ne fait aucun effort pour développer la nouvelle économie quand elle ne s'emploie pas à l'étouffer. Le potentiel des emplois est pourtant tellement vaste dans l'accompagnement des personnes vulnérables (personnes âgées, jeunes enfants, personnes handicapées), dans l'économie sociale et solidaire, dans les énergies renouvelables (ressourceries, économie circulaire, verdification des emplois...) et dans le monde paysan !

Les agriculteurs qui façonnent et entretiennent les territoires au cœur d'une ruralité méprisée et étouffée sont en perdition. Mis en avant par les plus puissants d'entre eux qui les instrumentalisent pour obtenir plus au paroxysme des crises, ils sont persécutés, puis laissés pour compte et poussés à disparaître, pendant que les distributeurs de leurs productions font fortune. Trouver ceux qui y gagnent, c'est trouver les auteurs du crime économique, culturel et social... Il n'y a pas eu plus grand mensonge que la Politique agricole commune, cette subvention qui a toujours empêché les agriculteurs de vivre du produit de leur travail. C'est le pansement qu'on a trouvé pour corriger les dysfonctionnements d'une concurrence totalement faussée et déloyale (due aux écarts de coût horaire du travail) et apaiser les affres d'un productivisme qui a enchaîné les travailleurs de la terre aux multinationales, faisant de la France le premier utilisateur de pesticides en Europe, et poussé nos agriculteurs à s'endetter sans devenir pour autant concurrentiels. En janvier 2016, 1000 litres de lait se vendaient 270 euros quand ils coûtent environ 300 euros à produire. Ne rentrant plus dans leurs frais, on a ainsi vu des producteurs laitiers jeter l'éponge via... Le Bon Coin où ils vendent leurs droits à produire. Par quelle absurdité a-t-on abouti à ce que la première puissance laitière importe près d'un quart de son lait tandis que vingt-cinq mille fermes laitières sont quasiment en cessation de paiement ?

L'Europe n'est pas la seule responsable : sont mis en cause la position dominante d'une FNSEA productiviste dans le dialogue social, le statut actuel du fermage qui ne répond à aucune logique économique et tire le prix des terres à vendre vers le bas au détriment des agriculteurs retraités... Il faut savoir mettre les mots sur les maux : nous sommes revenus au servage d'un temps que l'on croyait révolu. Le taux d'endettement des exploitations agricoles est supérieur de trois fois à la moyenne européenne.

L'administration agricole, elle, est pléthorique : 34 000 agents au Ministère, 13 directions régionales, 94 chambres départementales dotées de 8000 salariés, 26 SAFER, 200 000 membres à la FNSEA, 50 000 aux Jeunes Agriculteurs...

Honte aux dirigeants politiques qui laissent faire ou sont complices de ce crime contre la ruralité. L'avenir des métiers de la terre et de l'élevage, qui devrait être l'agri-écologie si bien théorisée par Pierre Rabhi, est à l'opposé du modèle que l'on cherche à leur/nous imposer. Sans vision, sans détermination, sans volonté, les pouvoirs publics sont les complices du désastre en cours, lequel nourrit la désespérance et le vote catastrophe qui ne résoudra rien. Ils avaient pourtant rempli leur mission, nos agriculteurs, celle d'assurer au pays de l'après-guerre l'auto-suffisance alimentaire et de faire de notre agriculture la première d'Europe. La France a depuis perdu son rang de puissance agricole, autant dire son ADN !

Qui pour le dire ?

Les syndicats ne représentent même pas la population qu'ils sont censés représenter mais eux-mêmes et conservent, indéboulonnables, une légitimité institutionnelle artificielle et désuète au service de leurs seuls intérêts particuliers, contre l'intérêt général. Leurs responsables constituent une caste d'intouchables, privant le système économique et social de toute respiration, de toute évolution, de tout accompagnement vers un monde en mutations.

Que les lâchetés ont été grandes face à *« la rue »* ! Une rue qui ne représente que 4 % des salariés (contre 25 % il y a vingt-cinq ans et 70 % en Suède !) dispersés entre sept cents branches (contre cinquante en Allemagne !) dont certaines ont une activité inexistante. Cinq syndicats monopolisent le dialogue social depuis l'après-guerre. L'UNSA en est toujours exclue. La CGT ne compte que 670 000 adhérents quand, en Allemagne, IG Metall en affiche 2,5 millions. Du côté patronal, ce n'est guère mieux : les syndicats patronaux actuellement *« représentatifs »* ne tirent leur légitimité d'aucune élection en dehors des élections prud'homales : le MEDEF lui-même avait reculé aux élections de 2008 au profit de l'économie sociale et solidaire, non *« représentative »* alors qu'elle représente 10 % du PIB ! Avec un budget annuel de 4 milliards soit l'équivalent du budget de l'Enseignement supérieur, le financement des syndicats, y compris patronaux, est public à 80 %. La contribution de l'État n'est pas que financière : plus de vingt mille agents de la fonction publique seraient mis à la disposition des syndicats. Il a fallu attendre 2008 pour qu'ils consentent enfin à publier leurs comptes pour la première fois depuis la loi Waldeck-Rousseau créant les syndicats de... 1884. Il est vrai qu'avant 2008 personne ne leur avait demandé de le faire !

Nous devons changer les règles pour changer les pratiques et les responsables, lesquels ne changeront pas le système d'eux-mêmes, puisqu'ils auraient tout à y perdre.

Cette décomposition nationale produit une société malade qu'on ne veut surtout pas guérir ! La Sécurité sociale s'est transformée en rente pour une industrie pharmaceutique de grande consommation, plus sensible aux stock-options et aux dividendes qu'à la santé publique, pendant que la population, de plus en plus privée de soins, doit sans cesse supporter plus de dépenses pour payer la bonne santé de cette industrie et la vie médicamenteuse qu'elle nous organise. On marche sur la tête.

Le système de santé n'a pas intérêt à ce que nous vivions en bonne santé, sans besoin de soins, mais que nous passions notre vie à nous soigner... pour ne pas être malades ! Et on finit toujours par l'être ! Pollutions, bactéries, virus y compris à l'hôpital, on ne subit plus la maladie, on la crée !

À force de privilégier le curatif, la prévention est passée à la trappe (3 % du budget de la santé, soit 5 milliards) au moment même où, pourtant, les Français se soucient de plus en plus de la préservation de leur capital-santé. En France, la santé n'intéresse que quand ça saigne ! Les médecines naturelles, à rebours des évolutions constatées chez nos voisins, ne sont même pas reconnues. Éviter la maladie devrait pourtant être la mission des ministres de la Santé, réduits à être ministres des Soins. Entre la médecine préventive et la médecine curative, la France a choisi la seconde.

Au lieu de cibler la prévention (comme la lutte contre l'obésité), on s'adresse essentiellement aux cadres déjà conscients des comportements à risques à travers des campagnes publicitaires fondées sur la consommation de fruits et légumes, l'activité physique ou encore le tabac.

Résultat : les grandes sacrifiées de la politique de santé en France sont la médecine scolaire (enfants) et la médecine du travail (travailleurs).

Dévalorisée et vieillissante, la médecine du travail souffre d'une pénurie de praticiens (cinq mille dans la France entière, dont le quart partira à la retraite d'ici cinq ans) et de considération (70 euros par an et par employé, voilà ce que coûte en moyenne la médecine du travail aux entreprises françaises) à l'heure où la souffrance au travail devient un élément important du dialogue social. Il faudra bien se pencher sur une certaine libéralisation du système par le recours aux généralistes comme en Allemagne où la clientèle est constituée, totalement ou en partie, d'entreprises.

Quant à la médecine scolaire, qui permettrait de repérer les troubles précoces de l'apprentissage (l'ouïe ou la vue), elle est encore plus sinistrée. À peine mille deux cents médecins scolaires s'occupent de douze millions d'élèves et près de la moitié d'entre eux devraient partir à la retraite d'ici 2017. Le nombre de médecins scolaires en Guyane est passé entre 2009 et 2014 de trois à un ! Il est vrai qu'un médecin scolaire gagne trois fois moins qu'un généraliste. 37 euros par élève : c'est ce que dépense l'État pour la santé d'un élève, soit 476 millions en 2015, 0,7 % des 62 milliards d'euros consacrés au budget du ministère de l'Éducation nationale ! Les conséquences sont catastrophiques : alors qu'en 2003, 88 % des élèves avaient passé le bilan de 6 ans, ils ne sont que 25 % aujourd'hui (12,4 % seulement des élèves de REP !). Alors que 4 % des enfants de cadres ont des caries non soignées, ils sont 24 % chez les enfants d'ouvriers !

Parce qu'au final, « *le pouvoir s'inscrit dans les corps* » (Michel Foucault), un ouvrier vit six ans de moins qu'un cadre supérieur. Il est vrai que les gouvernements qui se sont succédé depuis trente ans ont choisi une gestion comptable et administrative de la santé, de plus en plus centralisée, organisée sans concertation avec les soignants, au détriment de la liberté et de la responsabilité individuelle, et au final de la santé de tous.

Le centralisme bureaucratique et le système politique, complices de ce naufrage, contribuent à épuiser les moyens publics en gérant ces milliards que nous n'avons pas à la façon d'un Gosplan soviétique. « *L'accès aux soins pour tous* » est devenu un argument politico-publicitaire pour justifier la mise en cause des soignants, présentés comme responsables du déficit chronique de la Sécurité sociale.

Le prix ridiculement bas des consultations et des actes qui n'ont pas été revalorisés depuis trente ans entraîne forcément une accélération et une délégation des procédures de soins qui sont responsables d'un véritable *« abattage »* des tâches avec une forte croissance du nombre de consultations, de prescriptions médicamenteuses, d'examens complémentaires et parfois d'actes chirurgicaux qui augmentent les dépenses de santé au détriment de la qualité.

La permanence de soins, lointain successeur du médecin que l'on sollicitait en pleine nuit même à la campagne, a fini par disparaître. Au moindre bobo, on se précipite à l'hôpital ! Dix-huit millions de personnes fréquentent les urgences chaque année, un chiffre qui a doublé depuis 1993 alors que les neuf dixièmes des urgences pourraient être prises en charge ailleurs ! L'hospitalo-centrisme de notre système de soins n'est rien d'autre que la conséquence du découragement de la médecine libérale.

La fracture médicale s'apparente à un abandon de territoire organisé par désintérêt de la proximité et du petit, méprisés par ceux qui nous dirigent d'en haut et de là-bas : si on dénombre 798 médecins pour 100 000 habitants à Paris, ils ne sont que 180 pour 100 000 habitants dans l'Eure. Les villes sont désormais touchées par la désertification médicale. En Corse, Auvergne ou Limousin, 20 % des habitants résident à plus de trente minutes en voiture du spécialiste le plus proche. Les innombrables lois votées, année après année, n'ont guère favorisé l'installation en médecine libérale, tant s'en faut ! Il n'est pas rare de visiter des maisons de santé sans… médecins. Aucune leçon n'a été tirée des usines à gaz précédentes, comme les ordonnances Juppé de 1996, la loi Kouchner de 2002 et la loi Bachelot (HPST) de 2011.

Notre système de santé est vérolé par les intérêts particuliers, l'ânerie administrative et la cupidité. Et ce sur le dos des malades, des bien-portants et des personnels médicaux, qui doivent assumer l'indigence de moyens, la surabondance de médicaments et les luttes d'intérêts politiques et financiers. Cela doit cesser.

À L'INSTANT DE BASCULER dans une identité malheureuse, au regard des aspirations du CNR, nous avons le devoir de reprendre le cours de notre Histoire, progressiste et humaniste, universelle et dynamique,

et de mettre fin à cette parodie politique qui saccage, directement ou par incidence, notre pays depuis tant d'années. La France n'est pas banale. Son défi est de se réconcilier avec le monde comme avec elle-même. L'avenir nous attend.

*

7. Le 5 avril 1971, Simone de Beauvoir lance dans *Le Nouvel Observateur* le manifeste des 343 où des Françaises révèlent avoir avorté dans l'illégalité : « *Un million de femmes se font avorter chaque année en France. Elles le font dans des conditions dangereuses en raison de la clandestinité à laquelle elles sont condamnées, alors que cette opération, pratiquée sous contrôle médical, est des plus simples. On fait le silence sur ces millions de femmes. Je déclare que je suis l'une d'elles. Je déclare avoir avorté. De même que nous réclamons le libre accès aux moyens anticonceptionnels, nous réclamons l'avortement libre.* »

Cet appel à la dépénalisation de l'avortement ouvrira la voie, avec le procès de Bobigny en octobre 1972, à la loi Veil du 17 janvier 1975 légalisant l'interruption volontaire de grossesse.

Ce jour-là, Simone Veil, ministre de la Santé, entre dans l'histoire pour avoir consacré le droit des femmes à disposer de leur corps, trente et un ans après qu'elles ont obtenu le droit de vote un

21 avril 1944. Ces lois furent conquises de haute lutte par des femmes à qui rien n'aura été donné. Songeons que jusqu'en 1978, l'Assemblée nationale ne comptait que 2 % de députées !

La tradition, les conservatismes, les résistances ont été nombreux sur le chemin de l'égalité. Célèbres ou anonymes, les femmes à l'origine de ces conquêtes ont payé cher leur engagement pour le droit de choisir un mari, d'en divorcer, de passer des examens, de posséder un chéquier, de travailler, de disposer de leur corps, de voter, d'être élues. Mais leur œuvre a porté.

Que reste-t-il de ces acquis ? À la vérité, ils n'en sont plus vraiment. Contestés, critiqués, moqués, ils n'ont jamais paru aussi fragiles. Alors que ma génération s'était habituée à vivre avec de tels acquis, la dégradation de la situation de ces droits m'a obligée à devenir féministe. Sans doute le machisme, cette délinquance en col blanc qui règne dans le milieu politique, n'y est-il pas pour rien. Univers essentiellement masculin, celui-ci bruisse chaque jour de remarques sexistes, de supposées grivoiseries sur le physique des femmes, voire d'agressions que l'humour ou le jeu brandis comme excuses ne parviennent même pas à masquer, mettant les femmes politiques dans une situation impossible, celle de devoir se taire par crainte d'être accusées de se victimiser, de se chercher des excuses faciles, de passer pour des êtres fragiles…

Minoritaires, désorganisées, les femmes en sont encore à devoir démontrer qu'elles ne sont pas des *« discriminées positives »* et que tout compte fait, c'est leur compétence qui justifie leur engagement, explication qu'un bon nombre de leurs congénères masculins n'ont pas à fournir, et dont on dispense aussi une poignée de femmes, celles qui tiennent leur légitimité politique d'un héritage, puisque leur filiation les légitime aux yeux de leurs congénères qui se rappellent avoir été compagnons de route du grand-père, du père ou de l'oncle. Par un curieux mécanisme, l'arrivée des femmes en nombre plus important dans la vie politique n'a pas fait reculer les invectives machistes, rendant difficilement imaginable que leurs auteurs soient fils de mères, maris de femmes et pères de filles. Il est vrai qu'à l'époque de l'entrée en politique de beaucoup d'entre eux, les femmes n'avaient pas le droit de disposer d'un chéquier. C'est dire la violence du choc que la loi sur la parité a été pour beaucoup !

Comme je le rappelais dans un précédent ouvrage[6], « *ce n'est que depuis 1965 que les femmes peuvent gérer leurs biens propres, ouvrir un compte bancaire et exercer une activité professionnelle sans le consentement de leur mari. Ce n'est que depuis 1970 que la notion de chef de famille a été supprimée*

6. « *Anthologie du machisme en politique* », *co-écrit avec Emmanuelle Fridemann, Éditions du Moment, 2015.*

du Code civil. Ce n'est que depuis 1973 que la mère peut, comme le père, transmettre sa nationalité à son enfant légitime ou naturel. Ce n'est qu'en 1980 qu'a été durcie la loi sur le viol. Ce n'est que depuis 1985 qu'a été reconnue l'égalité des époux dans la gestion des biens de la famille et des enfants. Ce n'est que depuis 1992 qu'a été reconnue la notion de viol entre époux. Ce n'est qu'en 1999 que la loi sur la parité politique a été adoptée. »

Je n'ai donc pas eu le choix. Le 14 mai 2016, j'ai joint ma voix à celle de seize autres femmes ministres pour lancer un appel dans le *Journal du Dimanche* : « *Nous ne nous tairons plus* », un an après celui des journalistes femmes dans *Libération*. Parce que *« le monde politique a un devoir d'exemplarité »*, nous dénonçons l'impunité et nous demandons un allongement des délais de prescription en matière d'agression sexuelle, la possibilité pour les associations compétentes de porter plainte en lieu et place des victimes et la fin de la possibilité de correctionnaliser un viol. Au fond, je ne l'ai pas fait pour moi, mais pour celles, étudiantes, salariées, chômeuses, élues locales, femmes au foyer qui ne peuvent pas s'exprimer. Cinq ans après l'affaire du Sofitel qui a vu l'ancien directeur général du Fonds monétaire international agresser une femme de ménage à New York, c'est un vice-président de l'Assemblée nationale qui est accusé d'avoir harcelé sexuellement des femmes de son parti. Trop, c'est trop.

L'heure est grave. Pas seulement en raison de la difficile mise en œuvre pratique des droits des femmes, mais surtout par le fait d'une offensive idéologique réactionnaire et médiatique sans limite et sans vergogne.

Voilà qu'à l'entrée du siècle, en sus du sexisme ordinaire surgit une nouvelle vague de réactionnaires, bien décidés à mettre fin à cette société *«féminine»* qui, décidément, est allée trop loin. Il faut écouter cette conseillère d'Hillary Clinton[7] qui, arrivée au sommet, abandonne car elle ne peut plus concilier sa vie professionnelle et l'éducation de ses fils, donnant un prétexte inespéré à certains observateurs pour remettre en cause les acquis du féminisme. En France, ce sont 343 autoproclamés «*salauds*» qui lancent en 2014 «*Touche pas à ma pute*», revendiquant le droit d'user de la prostitution tout en laissant quelques-uns des signataires de l'appel dénoncer la fin du patriarcat ou le ramollissement d'une société trop féminisée. N'est pas Beauvoir qui veut…

À l'Assemblée nationale, c'est l'IVG qui est régulièrement mise en cause par des députés. Sur le marché du travail, ce sont les femmes qui composent l'essentiel des travailleuses à temps partiel subi. Le viol reste un tabou dans certains milieux. L'habillement, du voile au burkini,

7. *Article d'Anne Marie Slaughter paru le 20 juin 2012 dans le magazine* The Atlantic, *sous le titre «Pourquoi les femmes ne peuvent toujours pas tout avoir».*

est devenu une revendication féministe pour certaines femmes au nom d'un communautarisme religieux alors qu'en Tunisie ou en Égypte, actrices essentielles du printemps arabe, les femmes ne cherchent qu'à se dévoiler ! Ces femmes qu'en tant que pays des droits de l'homme (et de la femme !) nous aurions dû soutenir et que nous avons méprisées lorsqu'elles manifestaient pour leurs libertés. Ambassadrice auprès de l'Unesco en 2011, j'ai éprouvé l'inconsistance de notre position lorsque, réclamant ardemment que nous nous tenions aux côtés de ces femmes tunisiennes, comme je l'avais initié en tant que secrétaire d'État aux Droits de l'homme quelques années auparavant, je vis la ministre de l'Intérieur de la France (qui n'avait, en tant que députée, pas voté la loi sur la parité quinze ans plus tôt) proposer aux députés d'envoyer la police pour soutenir… le président Ben Ali.

Faut-il s'étonner, dans ces conditions, que la législation sur le voile et la burqa ait été adoptée, non pas au nom de la liberté des femmes, mais de la défense de l'identité française face à la religion musulmane ? Car la question religieuse n'est que la conséquence de combats féministes engagés par des figures d'exception qui, de Samira Bellil à Sohane Benziane, l'ont payé de leur vie, tuées par des garçons de leur quartier, brûlées vives, victimes de tournantes pour avoir eu le tort d'être nées filles.

À L'INSTANT DE BASCULER, devant le choix à effectuer entre Éric Zemmour et Marguerite Duras, nous devons nous rappeler le rôle éclairant des femmes dans l'histoire de France et nous inscrire dans la promotion de leurs droits universels, non pas au nom de la diversité, mais de la démocratie, dont la valeur est intrinsèquement liée à la place accordée aux femmes.

*

8. LE 2 SEPTEMBRE 2002, Jacques Chirac, président de la République, déclare lors du Quatrième Sommet de la Terre à Johannesburg, en Afrique du Sud : *« Notre maison brûle et nous regardons ailleurs. La nature, mutilée, surexploitée, ne parvient plus à se reconstituer, et nous refusons de l'admettre. L'humanité souffre. Elle souffre de maldéveloppement, au Nord comme au Sud, et nous sommes indifférents. La Terre et l'humanité sont en péril, et nous en sommes tous responsables. »* Successivement, il désigne les maux de la Terre : crises sanitaires en Europe, la « *boulimie en ressources naturelles* » de l'économie américaine, la « *crise financière* » qui frappe l'Amérique latine, le « *nuage brun* » au-dessus de l'Asie, les États insulaires qui bientôt disparaîtront avec le réchauffement climatique. Cet appel retentit pour l'Histoire. Car, derrière l'indignation, c'est l'indifférence du monde que dénonce Jacques Chirac. Les ressources de la planète ne sont pas illimitées. À travers la Terre, c'est l'espèce humaine dans son ensemble qui est menacée. Ce jour-là, la France était elle-même, avant-gardiste, devant le siècle, prémonitoire, historique.

La France indiquait à l'humanité qu'elle est à un point déterminant de son histoire.

Le monde a écouté. La France a-t-elle entendu ?

La France a le devoir de se positionner sur les trois grands défis du siècle : la pénurie en eau potable ; l'alimentation problématique de neuf milliards d'êtres humains ; la question récurrente des ressources énergétiques. Le droit à l'eau, à consacrer comme nouveau droit de l'homme, ainsi que la question des réfugiés climatiques doivent figurer au sommet de son agenda diplomatique. La France ne sera pas crédible si elle n'est pas exemplaire.

Au contraire, elle est sur le podium mondial de la consommation énergétique par habitant (50 milliards d'euros d'achats d'énergies par an !), de la consommation de pesticides, de la consommation d'alcool et de médicaments ! Les coupables sont connus de tous : pollution, productivisme, surconsommation. On ne vit ni sobrement ni écologiquement. Là où des produits simples, locaux, frais, vendus en vrac seraient nécessaires, c'est le triomphe de l'emballage, des gaz à effet de serre, de la malbouffe. Vache folle, bactéries dangereuses dans les pousses de soja, lasagnes à la viande de cheval : la nourriture infectée a été à l'origine des plus graves crises sanitaires de ces dernières années au pays de la gastronomie. Dans l'agriculture, à l'élevage en plein air nous avons préféré les cages et les stalles, le gavage des animaux en produits chimiques, les engrais, les pesticides dangereux, les nitrates, les phosphates, les algues vertes, les fermes-usines, les systèmes intensifs. C'est le patrimoine nourricier français qu'on défait. C'est le consommateur qu'on empoisonne, nos sols qu'on épuise, nos agriculteurs, premiers gardiens de cette géographie de terroirs, qu'on appauvrit. Pressés par cette logique productiviste qui endette, ils ne parviennent même pas à en vivre, là où la qualité, le savoir-faire, les circuits courts auraient pu leur rendre leur dignité. En face, des exploitations géantes se multiplient sur le territoire, dont la plus médiatique reste la Ferme des mille vaches dans la Somme.

Même l'agriculture biologique, labellisée et normée, qui suppose d'exclure les produits chimiques de synthèse, et dans laquelle la France est pionnière depuis les années 1960, n'est plus si fiable, comme le prouve le scandale des abattoirs bio. Des élevages de poulets en batterie sont certifiés bio ! Il faut dire que de nombreuses grandes exploitations se spécialisent dans les monocultures bio, tout aussi intensives que dans l'agriculture conventionnelle. Imagine-t-on des élevages bio à 80 000 volailles par an ? Pourtant, ils existent. Le bio *« pas cher »* que l'on trouve en grandes surfaces n'a absolument rien à envier à l'intensif, tout en étant conforme à la réglementation européenne qui n'y oppose aucune limite ! Pis : la Commission européenne a même interdit aux États membres d'avoir un cahier des charges plus restrictif que le sien. On accepte désormais les résidus d'OGM dans les produits bio ! Pourtant, il était possible de produire plus juste et de mieux vendre pour consommer plus sainement. Ils étaient nombreux à avoir théorisé l'agri-écologie. Mais plus sensibles aux lobbys, les pouvoirs ont à chaque fois reculé. En France, depuis dix ans, les plans gouvernementaux Ecophyto ont tous échoué (+10 % de consommation de pesticides en 2013).

Extraordinaire phénomène : ce que la nature donnait au paysan, désormais c'est Monsanto qui le vend à l'agriculteur. Les graines stériles ont, grâce au génie génétique, enrichi les grandes multinationales et mis le travailleur de la terre à genoux.

En Grèce, un mouvement très puissant de défense des semences mobilise environ dix mille personnes qui viennent de tout le pays pour se procurer et échanger des semences traditionnelles.

Cette frénésie a l'absurdité de son coût : les pesticides permettent de produire plus ? Mais à quel prix ! Dévastation des sols, cancers, malformations, les coûts cachés sont énormes : les pesticides qui, dans les années 1990, rapportaient près de trente milliards de dollars par an à l'économie américaine, en coûtent désormais quarante… en coûts sanitaires (traitement des maladies chroniques) et environnementaux (surveillance des points d'eau, mortalité des oiseaux).

Entre poussins broyés, abattoirs bio et label rouge de la honte, la maltraitance animale est une habitude dans notre pays. Depuis 1976, la loi reconnaît pourtant que « *tout animal est un être sensible* ». Dans une bonne partie des 270 abattoirs de boucherie et 750 abattoirs de volaille, les règles ne sont pas respectées ; les contrôles défaillants ; la formation insuffisante. L'État sonne la mobilisation mais refuse de remplacer mille postes d'inspecteurs-vétérinaires entre 2006 et 2012, un métier en voie d'extinction : même l'Italie et le Portugal en ont plus que la France !

Le pays n'est pas à une contradiction près : il subit un chômage endémique, mais ne crée pas, là où les besoins sont criants, les emplois d'une économie de la coopération plus civilisée que l'impasse productiviste dans laquelle il s'est englué. Énergies renouvelables, économie sociale et solidaire, économie circulaire, ce sont autant de nouveaux secteurs que pourraient porter plus vigoureusement les entreprises d'une économie de proximité (coopératives, marchés, AMAP, artisanat, TPE), d'une économie de la sobriété (vente directe, troc, systèmes d'échanges locaux) et du partage (économie collaborative).

Au lieu de s'y engager résolument, elle s'accroche à cinquante-huit centrales nucléaires en activité, qui font de la France le pays le plus nucléarisé au monde par habitant pour un coût de 200 milliards d'euros. Trente ans après, les leçons de Tchernobyl et son million de morts n'ont pas été tirées en France. Nous possédons le deuxième parc nucléaire après les États-Unis et celui-ci produit 75 % de notre électricité et 17 % de notre énergie. Les dommages sont considérables : deux fois plus de leucémies infantiles dans un rayon de 5 kilomètres autour des centrales. Alors que nos réacteurs nucléaires ont été conçus pour fonctionner trente ans, plus d'une vingtaine ont déjà dépassé cette durée et l'État a décidé de les prolonger dix ans de plus. Sans parler des déchets radioactifs qu'il faut bien enfouir quelque part : plus de mille tonnes par an contaminent ainsi la belle géographie française !

Cet argent que le pays surinvestit dans ces centrales quand le monde entier y renonce, ce sont autant d'investissements qui ne sont pas consacrés aux énergies renouvelables pourtant dix fois plus efficaces dans la réduction des gaz à effet de serre : isolation des bâtiments, filières vertes (éolien, bois, solaire, biomasse, énergies marines...). Sans même parler des richesses qu'un tel tournant favoriserait : au lendemain de la conférence sur le climat de Paris (COP21), l'Agence internationale pour les énergies renouvelables (Irena) a publié, en janvier 2016, un rapport prouvant qu'un doublement de la part des filières vertes dans le bouquet énergétique permettrait de créer vingt-quatre millions d'emplois et d'augmenter le PIB mondial entre 0,6 % et 1,1 %, soit un gain de croissance de 630 à 1170 milliards d'euros par an les quinze prochaines années.

La volonté politique manque cruellement. Alors que les outre-mer abritent 80 % de la biodiversité française sur trois océans et quatre continents et qu'ils pourraient devenir une terre privilégiée d'expérimentation en matière de transition écologique, cet enjeu stratégique vital est totalement négligé : qu'il s'agisse des hydroliennes en Nouvelle-Calédonie, de l'énergie thermique des mers à la Martinique ou en Polynésie, de l'énergie des vagues à la Réunion, les potentialités sont vastes et pourraient permettre à ces territoires d'atteindre une part de 50 % des énergies vertes dans la production d'électricité dès 2020, pour peu que cette action soit adossée à une véritable ambition nationale.

À L'INSTANT DE BASCULER entre la destruction de la Terre et son sauvetage, les Français ont le droit de savoir et le devoir de maîtriser un futur qui se dérobe.

La France doit porter son message de raison au cœur de cette révolution culturelle que composent le numérique, la transition écologique, l'intelligence artificielle, la médecine prédictive, les bio et nano-technologies, la robotique. C'est une question de compétitivité, d'éthique, de souveraineté et d'indépendance nationale.

III

Pour Charles de Gaulle, « *les grands pays le sont pour l'avoir voulu* ». Le veut-on encore ? Où est passé cet orgueil national qui a fait de la France une idée ?

À force de vouloir protéger les Français de l'avenir, le personnel politique les a exposés.

Le pays, lui, est malheureux car il ne se reconnaît plus. Les Français veulent des coupables.

L'absence de projet collectif puissant a soumis notre pays aux incertitudes du monde. À une fracture interne béante entre la France des vainqueurs, la France des oubliés et la France sécessionniste. En figure de proue, cette jeunesse que l'on méconnaît, frustrée, seule au monde, qui n'arrive même plus à aimer la démocratie.

L'instant du basculement est venu. Cette « *oscillation au bord de l'abîme* » dont parlait Jean Jaurès le 30 juillet 1914 dans la *Dépêche du Midi*... nous y sommes.

La France n'est jamais meilleure que lorsqu'elle est dos au mur. C'est le moment de renouer avec le génie français.

À l'heure où il renouvelle partout ses dirigeants politiques, le monde attend de nous la force d'un message. Les anciens veulent l'assurance que la France continuera après eux, les plus jeunes que l'avenir se construira avec eux. C'est l'ambition qui me porte.

L'intensité de la crise existentielle que nous vivons – qui rend l'élection présidentielle de 2017 différente de toutes les autres – me place au cœur des failles comme des espérances françaises. Parce que je porte en moi un monde pluriel et la fidélité aux traditions de notre pays, peut-être suis-je plus sensible que d'autres à leur valeur insigne et mieux à même, je le crois, de devenir l'incarnation d'une France qui se redresse.

C'est d'un projet de transformation sociale à long terme que la France a besoin. Un projet qui lui permette d'être au devant du siècle, pas à sa remorque tel un pays quelconque. France du libre choix, société de la coopération, économie du partage, République de la confiance, société-providence, puissance médiatrice, telles sont les directions à privilégier pour un projet écologique, entrepreneurial, gaulliste et solidaire.

Ainsi répondra-t-on à l'aspiration profonde des Français de passer de l'avoir à l'être, de la pression du résultat à la réalisation de soi, de la performance individuelle au mieux-disant environnemental et sociétal, de l'isolement à l'autonomie, celle qui permet de choisir sa vie plutôt que de la subir.

Les solutions ne se trouvent ni en Corée ni en Finlande, ces pays que nos hommes politiques prennent en exemple pour nous donner des complexes ; elles sont en France, chez nous.

Regardez autour de vous.

Chaque jour, partout où l'État a échoué, des centaines de milliers de nos compatriotes continuent de faire tout ce qu'ils peuvent, sur le terrain, et des millions les rejoignent, occasionnellement. Ils sont la société-providence, lointains héritiers de cette tradition, chère à Léon Bourgeois, qui fait de la France le premier pays européen en termes de créations d'associations comme d'entreprises. Ici pour soulager un instant la misère. Là pour assurer la continuité du lien social, comme je l'ai vu en tant que ministre des Sports dans le premier mouvement associatif de France qu'est le sport. Ailleurs pour sauver l'activité économique ou maintenir le service public sur le territoire… Ils sont à l'origine du triomphe de l'économie sociale et solidaire. Là encore pour rattraper des enfants lâchés par l'école publique, comme l'association Coup de pouce clé qui fait lire 100 % des enfants de CP en un an quand 20 % des enfants de l'école publique entrent en sixième sans savoir lire ni écrire. Certains prétendent même inventer les territoires zéro chômage quand Pôle emploi, avec ses 53 000 salariés et ses cinq milliards de budget, ne place que 4 % des chômeurs ; d'autres, les territoires zéro pesticide quand l'État aligne les plans Ecophyto sans résultat ! La nouvelle économie a aussi ses fantassins, comme en témoigne l'essor du financement participatif face à la pingrerie des banques : en 2015, dix-huit mille projets ont levé des fonds en y recourant, pour 300 millions d'euros au total. Ils rendent chaque jour possible l'impossible, avec des bouts de ficelle. Ces hommes et ces femmes de toutes conditions, de toutes origines, issus de l'entreprise, de l'association, de la fondation, de la coopérative, de la famille, savent mieux que quiconque l'état de notre pays. Ils sont les acteurs passionnés d'une décentralisation citoyenne où la coopération et l'autonomie, la liberté et la responsabilité guident leur action. S'ils sont les mieux placés pour prendre la mesure de notre négligence collective, ils savent aussi que le renoncement serait suicidaire. Peut-être doutent-ils de notre capacité collective à redresser la tête, mais ils continuent, admirables dans l'action bénévole. Eux doivent savoir, nous devons tous savoir, que rien n'est encore irrémédiable ! Ce sont des combattants.

Dans l'environnement de mutations et de crises que nous traversons, si certains, désemparés, peuvent être tentés de se réfugier dans le retrait électoral et la solitude sociale, et si d'autres, exaspérés, peuvent succomber au fantasme de la nostalgie d'un autre âge et d'un autre ordre, nous devons tous avoir la conviction que constater la France telle qu'elle est n'empêche pas – bien au contraire ! – de la rêver, de l'espérer, de la désirer, de la regarder telle qu'elle pourrait être et, en lucidité, de la construire pour la préparer du mieux possible à l'avenir.

C'est justement parce que nous voyons la France telle qu'elle est, en bien comme en mal, en handicaps comme en atouts, que nous savons ce qu'elle pourrait être, que nous pouvons l'améliorer et la réconcilier avec elle-même, en empathie des êtres et en conscience, dans un futur déjà présent dans un présent confus qui ne demande qu'à s'épanouir.

Pour y parvenir, nous devons d'abord résister à la fatalité et aux discours mortifères qui servent de la tragédie à notre Histoire : il ne s'agit pas d'avoir encore pire, mais d'avoir déjà mieux… Et cela dépend de nous. Cela passe par la détermination : nous devons oser, dans les moments décisifs, associer l'audace qui nous manque souvent au doute, qui nous accompagne toujours. Nous devons nous aider les uns les autres en politique comme nous savons si bien le faire en dehors. Car nous sommes à un moment décisif ! Nous devons redonner à ceux qui en manquent les repères solides et clairs de nos principes fondamentaux, porter une vision de l'avenir à la fois lucide et enthousiaste, et rétablir le lien essentiel entre l'aspiration individuelle et l'ambition collective.

Pour réussir la France du XXIe siècle, dans la continuité des belles France qui nous ont précédés, en réparation de celles qui n'ont pas été à la hauteur, en emprise du monde instable dans lequel nous nous inscrivons et que nous avons la mission d'influencer avec ce que nous avons de meilleur, nous devons mettre de côté notre esprit de chapelle, nos divisions, nos intérêts particuliers, et établir ensemble un nouveau pacte social. Une raison d'être ensemble.

Acceptons un moment de consacrer un peu de notre énergie à une politique renouvelée, à la hauteur des défis. Un moment de notre vie pour extraire le nectar d'enthousiasme et de courage que notre pays exprime sur le terrain réel, dans la proximité, mais qu'il déserte au plus haut niveau politique. Un moment pour nous affranchir, tous ensemble, des querelles partisanes dérisoires, de l'égarement dans la peur et la haine, des partis pris qui nous empêchent. Un moment pour rétablir les principes, les adapter à notre temps qui en a bien besoin. Juste un moment pour prendre ces principes, les réaffirmer et les rétablir en actes. Un moment de rassemblement, une parenthèse à la désunion, comme ont su le faire nos aînés, dans d'autres circonstances plus terribles encore... Et une fois le devoir accompli, repartir à nos occupations personnelles. C'est cela aussi, résister.

Nous avons approché cet état de grâce il y a peu. Il y a eu du spirituel dans la communion extraordinaire des Français le 11 janvier 2015. Ce jour-là, quatre millions de manifestants se rassemblent pour réagir ensemble aux assassinats djihadistes des 7, 8 et 9 janvier qui ont coûté la vie à dix-sept personnes, parce qu'elles étaient dessinateurs, journalistes, policiers et juifs.

Ces jours-là, au cœur de la nuit, au lendemain des tueries, la France des promesses de notre Histoire que l'on pensait en coma dépassé était présente sur la chaussée, vibrante et rayonnante, incarnée en conscience par des millions d'individus qui ne faisaient plus qu'un. Ces jours-là, la foule a envoyé un extraordinaire message de cohésion, de mobilisation, de force, aux commanditaires des assassins qui avaient fait commettre l'insoutenable – et allaient faire plus encore –, mais aussi, par défaut, à la classe politique qui n'était pour rien dans cette manifestation et n'allait pas tarder à se diviser à nouveau dans l'outrance feinte, à mille lieux de la dignité citoyenne. Ces jours-là, la France, donnant des signes de vie avec une vitalité stupéfiante, s'est levée. Puis elle s'est recouchée. À ce moment-là, on vit qu'une autre France n'avait même pas pris la peine de se dresser. Pourquoi? Lorsque la foule s'est dispersée, les commentateurs ont glosé, certains ont craché sur la foule, d'autres l'ont magnifiée et rien ne s'est passé. Ce moment de grâce collective, dans la douleur et le chagrin, n'a rien enclenché, rien fondé. Pourquoi? Je ne crois pas que des millions de personnes puissent se retrouver spontanément dans la rue sans raison commune, ni sans incidence future. Sans doute s'agissait-il ce jour-là de l'éclatante lueur, aussi brève qu'intense, d'un rayon vert. Promesse de l'aube au soleil couchant d'une fin de jour sans nuage, à l'instant de basculer dans la nuit. Un signe d'espoir pour un avenir meilleur qu'il nous faut mériter…

Et si nous le relevions ensemble, cet immense défi?

Nous devons résister aux discours lénifiants qui nous font accepter, tant bien que mal, le monde tel qu'il est. Penser au lieu de toujours panser. Préférer l'innovation toujours, aux rentes qui bloquent la mobilité et le changement, dans tous les domaines: politique, économique, sociétal, diplomatique. Nous n'avons pas à choisir entre la nostalgie des rétrogrades et l'insouciance des conservateurs. Nous devons résister à la soif de pouvoirs : la conviction et l'intérêt général ne résistent pas à l'usure d'un pouvoir sans limite et sans fin. Nous devons bâtir notre maison commune, et construire dès maintenant le monde tel que nous voulons le transmettre à nos enfants. Le sursaut de conscience nous commande d'entrer en résistance active : c'est notre clause de conscience politique. Prendre les urnes, au moins, pour ceux qui ne peuvent participer plus. De si haut, les politiques, les dirigeants des grandes entreprises, les grands corps, les grandes lois qui nous réglementent sont en défaut d'humanité et de lucidité. Nous sommes curieusement dirigés par une société politique qui aspire à décider de notre vie, de notre naissance à notre mort, de notre travail, de notre vieillesse, et ne nous aide réellement ni à travailler ni à vivre.

Aujourd'hui, nous devons nous souvenir toujours que la force *« mentale »* de notre peuple, ce sont ses *« talents »*. Ce qui crée les plus grandes œuvres collectives, ce n'est ni la tactique, ni la technique, ni le marketing : c'est la vision, la détermination, l'empathie et la compassion. C'est l'innovation. Nous sommes à l'un de ces moments.

Il ne s'agit plus d'être frondeur : il s'agit d'être fondateur. Il ne s'agit pas d'être suspicieux : il s'agit d'être audacieux. Reprendre confiance en nous. Le 11 janvier 2015, le peuple français a donné un signe de vie qui nous a fait trembler, non de peur mais d'une fraternité qui avait tout d'une promesse de rendez-vous. Quand en sortirons-nous, du coma politique ? Faisons ce que nous devons, ensemble, pour que cela soit dès 2017. Je serais honorée de commencer cette œuvre immense avec la France périphérique, celle des oubliés et des innovateurs. Le temps nous presse.

Le projet présidentiel de Rama Yade
est disponible sur le site de son mouvement
politique : www.lafrancequiose.fr

Mise en page : Epigraph

Achevé d'imprimer en décembre 2016 par LEN S.A.S. – 93400 St Ouen
Dépôt légal : décembre 2016
Imprimé en France